ANTOINE DE SAINT-EXUPÉRY

VOL DE NUIT

PRÉFACE D'ANDRÉ GIDE

Edited by

F. A. SHUFFREY, M.C., M.A.

Formerly Senior Modern Language Master
Uppingham School

HEINEMANN EDUCATIONAL BOOKS
LONDON

Heinemann Educational Books Ltd

LONDON EDINBURGH MELBOURNE AUCKLAND TORONTO
SINGAPORE HONG KONG KUALA LUMPUR
IBADAN NAIROBI JOHANNESBURG
LUSAKA NEW DELHI

ISBN 0 435 37235 1

First published 1952
Reprinted 1954, 1955, 1956, 1958, 1960, 1963,
1965, 1966, 1970 (twice)
Reprinted as a Limp edition 1974

Published by
Heinemann Educational Books Ltd
48 Charles Street, London W1X 8AH

Printed and bound in Great Britain by
Morrison and Gibb Ltd, London and Edinburgh

THE CREATIVE FRENCH SERIES

General Editor: Vernon Mallinson

VOL DE NUIT

HEINEMANN FRENCH BOOKS

Preparatory readers
    Je Sais Lire   *G. Gladstone Solomon*
    Voici les Desmarets!   *Victor H. Taylor*

Middle school readers
    François sur la Côte d'Azur (3 books)   *Patrick Southal*
    Nous les Gosses   *Vernon Mallinson*
    Introducing Molière   *A. H. Jackson*
    Monsieur Maubenoît Philatéliste   *Frédéric Lefèvre*
    Le Petit Prince   *A. de Saint-Exupéry*
    French Through Reading (9 books)   *M. & A. Gande*

Middle school composition books
    Petites Compositions à Illustrer pour les Jeunes   *V. H. Taylor*
    Elementary French Composition   *F. W. Moss*
    Points to watch in 'O' Level French   *F. Gubb*

Sixth form books
    Terre des Hommes   *A. de Saint-Exupéry*
    Vol de Nuit   *A. de Saint-Exupéry*
    Silbermann   *J. de Lacretelle*
    A la Recherche du Temps Perdu   *Marcel Proust*
    Ionesco: Three Plays
    Modern French Writing   *Edited by Georges Lannois*

A book for Teachers
    Teaching a Modern Language   *Vernon Mallinson*

A song book
    La France qui chante   *Bernard Fuller*

A Poetry book
    Choix de Poèmes   *Edited by Vernon Mallinson*

A Monsieur Didier Daurat

CONTENTS

THE SOUTH AMERICAN AIR-MAIL ROUTES

EDITOR'S INTRODUCTION

Of the half-dozen volumes which Saint-Exupéry left behind at his death in 1944, *Vol de Nuit*, published in 1931, is the second, and the work which established his reputation. It describes the early days of night-flying, when Saint-Exupéry had been sent to South America to help to establish commercial air-lines to Europe, and contains some of the best descriptive writing that he ever accomplished. It is also the most concise and dramatic of all his works, the final version being less than half the length of his original draft. Divided into numerous quickly changing scenes, it is the story of one great adventure—the dispatch of air-mail to Europe.

Three planes carrying air-mail are converging on Buenos Aires, where their contents are to be transferred to the plane that carries the European mail. They come from Asuncion (Paraguay) in the north, from Chile in the west and from Patagonia in the south. The pilot from Asuncion is unnamed. He encounters no difficulties, and only his safe arrival carrying passengers as well as mail is described at length. Pellerin, from Chile, fights a battle with the weather over the Andes, but wins through. He relates his flight after landing. Fabien, the pilot of the plane from Patagonia, is lost, and the progress of his struggle against the elements is traced until he finally runs out of petrol. Rivière, chief organiser of these air lines, Robineau his superintendent, and a ground staff, follow the course of the flights from below. We are made acquainted with the details of Rivière's rigorous administration, and we hear his conversations with his subordinates. In a room overlooking Buenos Aires the pilot of the plane that is to carry the mail to Europe takes leave of his wife. In his office at the airport, Rivière is moved to pity when the wife of the ill-fated pilot from the south calls for news. There is talk of the night service being cancelled. But two out of the three planes have arrived, and the "courrier d'Europe" takes off.

This is the bare outline of the story, and it is Rivière who holds it together; otherwise we might be inclined to feel that the dispatch of air-mail to Europe did not warrant such sacrifices. But the combination of human feeling and strong conviction in Rivière's character is evidently meant to convince the reader that the effort to maintain the night service was justified.

At that time the maintenance of the night service was being strongly criticised, owing to the loss of personnel involved, and *Vol de Nuit* had in the first place, as André Gide says in the preface which follows, "la valeur d'un document". It gave the real facts about night-flying; and Saint-Exupéry's strong visual memory and his capacity to describe what he saw ensured the success of the volume as a tale of thrilling adventure.

The author of *Vol de Nuit* was a first-rate story-teller: but he possessed in addition the much rarer faculty of being able to suggest a deeper significance behind the objects and the situations portrayed. The 500 h.p. engine is not just a piece of mechanism which the pilot feels vibrating beneath him, but the source of "cette profonde méditation où l'on savoure une espérance inexplicable" (p. 8). The house below him which is putting out its light is "une maison qui se ferme sur son amour. Ou sur son ennui." (p. 9). It is not the object itself that matters but what lies behind it, what it stands for in relation to human values. "Une clarté de lampe sur la table du soir" (p. 53) means for Fabien's wife the safe return of her husband. And so with the situations that confront the characters of this book; even when they are remote from our own experience they seem to be rooted in the common stock of universal emotions. We know that the pilot Fabien is doomed as he flies over "la splendeur d'une mer de nuages, la nuit" but "il tient encore le monde dans ses mains . . .

serre dans son volant le poids de la richesse humaine" (p. 62). His experience has a universal significance. We get the same impression of sharing a common feeling, whether we are reading about the humdrum existence of the superintendent Robineau, for whom life was "cette grise vérité" (p. 23), or of Rivière's searchings of heart when he wonders whether he has any right to ask his pilots to face such dangers. "Au nom de quoi les a-t-il arrachés au bonheur individuel?"

In *Vol de Nuit* the trivial action, the common object are charged with meaning. The pilot of the European mail is about to start on his dangerous journey. His wife puts her hand on his shoulder: "elle . . . s'émut de la sentir tiède: cette chair était donc menacée" (p. 39): and when he had gone, "Elle regardait, triste, ces fleurs, ces livres, cette douceur, qui n'étaient pour lui qu'un fond de mer" (p. 39). *Vol de Nuit* is the story of a great adventure, finely told: but it is the author's rare poetic imagination and his capacity to evoke intensely human emotions which give it its special quality.

F. A. SHUFFREY.

LIFE OF SAINT-EXUPÉRY

This Life of Saint-Exupéry is based on information supplied by his friends and relations and on *La Vie de Saint-Exupéry*, Editions du Seuil, 1948, and *Antoine de Saint-Exupéry* by Pierre Chevrier, Gallimard 1950.

Antoine de Saint-Exupéry was born on June 29th, 1900. The family derives its name from the village of Saint-Exupéry, in the department of Corrège just south of Limoges. Owing to the death of his father in 1904, the boy spent much of his childhood on his aunt's property at Saint-Maurice-de-Remens between Lyons and Ambérieu. He had three sisters and a younger brother. Physically robust and energetic, at six years old he divided his enthusiasm between writing poetry and mechanical invention. He would even wake the family up at night and read them poetry till early morning; his mother apparently acquiescing. While still a school-boy he persuaded an airman in a neighbouring camp to take him for a flight.

In October 1909, Antoine was sent to the Jesuit College of Notre Dame de Sainte Croix at Le Mans (Sarthe). He worked hard at what interested him (composition in his own language, translations from Latin), but showed complete indifference to what did not. His round face and turned-up nose earned him the nickname of "Pique-la-lune" among his school-fellows, who soon had good reason to respect his strong muscular frame. The years 1914–17 were spent at the college of Saint-Jean in Fribourg, and after passing his "baccalauréat" he came to Paris, where he entered the École Bossuet to prepare for the entrance examination into the Navy. He failed in the oral and only got a very low mark in the essay, an interesting biographical detail in view of the reputation he afterwards gained as a writer.

Before his period of conscript service he occupied himself in a wide variety of ways. While still a student at the

École Bossuet he took violin lessons, and although he never acquired much technique he at any rate learned to appreciate eighteenth-century music. He also worked in the architectural section of the École des Beaux Arts. Often he was very short of money, but he was never afraid of doing an unpleasant job to earn some. It is related, for instance, that at one time he appeared every night on the stage of the Théâtre des Champs-Élysées in *Quo Vadis* where, as a persecuted Christian, he was very roughly handled.

In April 1921, Saint-Exupéry began his service in the Air Force, but only on the ground. His sole chance of getting a qualification to fly was by taking lessons from a civilian air pilot, who was very stingy with his petrol and reduced his instruction in the air to a minimum. One day, tired of waiting, Saint-Exupéry took off by himself. His only practical experience had been just over an hour's flying under supervision. However, he succeeded in circling round the aerodrome and landing without mishap, to the immense surprise of the rest of the station, who had been watching with admiration, but expecting catastrophe, especially when the machine began to catch fire.

A few days afterwards he qualified as a civil air pilot. In three weeks he obtained his "brevet militaire" and was posted first to Morocco, and in 1922 to a fighter squadron at Le Bourget. Shortly before his demobilisation in the spring of 1923, he had the first of his severe accidents, landing at Le Bourget, and fractured his skull; but in a few weeks he was flying again.

After his demobilisation Saint-Exupéry held two business appointments. They were not to his taste and he was not a success. But he had leisure to write, and in April 1925, Jean Prévost accepted some of his descriptions of flying for publication in the *Navire d'Argent*.

His opportunity came when in the autumn of 1926 he was engaged by the Société Latécoère, later known as L'Aéropostale, to carry air-mail between Toulouse and

Dakar. Those far-off days, when aeroplane engines were unreliable, and forced landings had often to be made on mountains, on rocky coasts and among hostile tribes, were well described thirteen years later in *Terre des Hommes*. After some months Saint-Exupéry was given charge of the calling station at Cap Juby, half-way between Casablanca and Dakar. Here he wrote *Courrier Sud*, published in Paris in 1929. It has been described by M. André Maurois as the most "romanesque" of Saint-Exupéry's works. It is perhaps nearer to pure fiction than anything he afterwards wrote. But the great theme, to be developed later in *Terre des Hommes*, is there already: "la grandeur du métier", the dignity of the airman's life. The chief character, the adolescent Jacques Bernis, pilot of the *Southern Mail*, on leave in Paris, is depicted as disillusioned with the life he had led there and glad to return to duty. "J'ai aimé une vie que je n'ai pas bien comprise, une vie pas tout à fait fidèle." It is in service with the air-mail that he finds the only real salvation, service which costs him his life. His epitaph is contained in the message "Pilote tué avion brisé courrier intact."

In October 1929, Saint-Exupéry was sent out to Buenos Aires as director of the Aeroposta Argentina. He succeeded in establishing a chain of aerodromes down the coast of Patagonia as far as Punta Arenas, after flying through cyclones and hurricanes such as are hardly found anywhere else in the world. With him in South America were his friends Mermoz and Guillaumet, whose experiences are described in *Terre des Hommes*. Both lost their lives flying later on, Mermoz in the sea in 1936, and Guillaumet, shot down while on air transport service in 1940.

In 1931, when l'Aéropostale was reorganised, Saint-Exupéry returned to Paris and published *Vol de Nuit*. This book describes the beginnings of night-flying in South America. The air transport companies, through being grounded at night, were losing most of the advantage over other methods of transport which they gained by day. As

André Gide points out in his preface, *Vol de Nuit* has "la valeur d'un document", apart from its obvious literary quality. The most striking character in the book is Rivière. This man of iron determination, who recognised "un devoir plus grand que celui d'aimer", infusing into his pilots the will to face the most appalling risks, tolerating no weakness, would have been at home among Corneille's heroes. There may have been two opinions as to whether Rivière was justified in calling for such sacrifices to further a commercial interest; but it must be recognised that the author himself means us to admire him. *Vol de Nuit* is dedicated to M. Didier Daurat, who as head of l'Aéropostale was Saint-Exupéry's chief. Obviously he was thinking of Didier Daurat when he created the character of Rivière, and it is commonly stated that Rivière *is* Didier Daurat. But in *Spectateur* of August 5th 1947, M. Didier Daurat is reported as saying: "Je ne suis pas Rivière. On minimise la beauté du personnage en voulant le ramener à un caractère particulier. Rivière se trouvait en chacun de nous." In this last phrase lies the essence of the book. Fabien the pilot, whose hopeless fight against the elements is so well described: Simone his wife, waiting for his return: "Une chair qui réclamait sa chair, une patrie d'espoirs, de tendresses et de souvenirs" . . . each character typifies the sacrifice which such work demands. Although the publication of *Courrier Sud* had not passed unnoticed, it was this small volume of 170 pages which secured Saint-Exupéry's reputation, and favourable comparisons were suggested with Alfred de Vigny's *Servitude et Grandeur militaires*, published almost exactly a hundred years before.

When in 1933 Air France was founded to amalgamate all the civil air lines, Saint-Exupéry was not at first offered any post, and began work as a test pilot to a company manufacturing aeroplanes. He narrowly escaped drowning in an accident while flying over the bay of Saint-Raphael.

Air France eventually engaged him in 1934 for various unspecified duties, and in the next year he acquired a Simoun aircraft for a lecture tour in the Mediterranean basin. He was so delighted with its performance that he decided to try to break the record of eighty-seven hours set up by André Japy for a flight from Paris to Saïgon in Indo-China. The story of how he and his mechanic Prévot crashed in the African desert without injury to themselves, and how, when nearly dead with thirst, they were rescued by an Arab, is told in *Terre des Hommes*.

Earlier in 1935, Saint-Exupéry had been sent to Russia to report for *L'Intransigeant*, and later, for *Paris-Soir*. When the Spanish civil war broke out in the following year (1936), he acted as correspondent for the same newspapers. Some account of his experiences in Spain is given in *Terre des Hommes* and in *Lettre à un Otage*. There are also interesting extracts from his "reportages" in Moscow and Madrid in *La vie de Saint-Exupéry* (Appendice iii), Editions du Seuil.

Two years later (January 1938) an attempt to reconnoitre a route from New York to Tierra del Fuego, in his Simoun aircraft, resulted in a crash near Guatemala, in which Saint-Exupéry was severely injured. After several operations, and a long period of convalescence, he returned to France. He had meanwhile arranged into chapters a number of articles written during the last few years, and given them the title of *Terre des Hommes*.

Published in the spring of 1939, *Terre des Hommes* gives a further account of the part which Saint-Exupéry and his friends played in the establishment of air routes from France to Africa and South America. Mermoz over the Atlantic, Guillaumet over the Andes, Saint-Exupéry's own unsuccessful attempt in 1935 to break the time record in a flight from Paris to Saïgon, the African desert and its tribes, Islam, oases, an episode in the Spanish civil war, all contain some of the best descriptive writing he ever accomplished. But the book is much more than a description of events; it puts before us Saint-Exupéry's philosophy of life, as we can gather it from his observations on the place of the machine in the modern world, on the value of comradeship as exemplified in the heroic adventures of Mermoz and Guillaumet and on the whole problem of the adjustment of modern man to his universe. The book was warmly received by the critics and the general public, and was soon translated into most of the European languages.

On the outbreak of war in 1939, Saint-Exupéry was posted as a navigational instructor, but, in spite of his age, he soon succeeded in getting appointed as a reconnaissance pilot. He refused all offers of staff appointments, and played an heroic part in the battle of France in 1940. On June 17th of that year he flew with his squadron to North Africa, and later in the year left for New York. During the period of rather more than two years which he spent there, he wrote *Pilote de Guerre*, *Lettre à un Otage* and *Le Petit Prince*, the latter illustrated by his own water-colours. *Pilote de Guerre* describes the battle of France in May and June 1940. Translated as *Flight to Arras* it was widely read and did much to restore respect for France in America.

"Guerre, pour nous, signifiait désastre. Mais fallait-il que la France, pour s'épargner une défaite, refusât la guerre? Je ne le crois pas." (*Pilote de Guerre*, p. 139.)

The Vichy government suppressed the French edition shortly after its publication by Gallimard in 1942.

Lettre à un Otage, published in New York in 1943, was addressed in the first place to his friend M. Léon Werth in occupied France, and finally to all his compatriots under German domination. ". . . le Naziste . . . ruine tout espoir d'ascension, et fonde pour mille ans, en place d'un homme, le robot d'une termitière." But in France there are forty million hostages. "C'est toujours dans les caves de l'oppression que se préparent les vérités nouvelles: . . . Vous êtes des saints."

In *Le Petit Prince* Saint-Exupéry returns to his childhood. To the pilot stranded in the desert there appears a little boy, "le petit prince", who says: "S'il vous plaît, dessine moi un mouton." In the charming conversations which follow, Saint-Exupéry reveals himself as "le petit prince", who has found the great secret so often hidden from "les grandes personnes": "Il est très simple: on ne voit bien qu'avec le cœur. L'essentiel est invisible pour les yeux."

Already well known in New York as the author of *Terre des Hommes*, he increased his reputation considerably by these three later works. But this "Joseph Conrad de l'Air", as he was sometimes called, was more concerned to find an opportunity to take an active part in the war than to be lionised in American literary circles, or join the Gaulliste party in New York. At last, in the spring of 1943, he came to North Africa with an American convoy. He reorganised his old flying group; but after a slight landing accident, General de Gaulle's staff placed him on the reserve list as having passed the age limit. Determined to get this decision reversed, he finally persuaded the American General Eakers to let him undertake reconnaissance flights. He had already accomplished eight of these, when on the morning of July 31st, 1944, he left for a flight over Grenoble and Annecy from which he never returned. It seems likely that he was shot down by a German fighter, but the exact cause of his disappearance will probably never be known.

PRÉFACE D'ANDRÉ GIDE

Il s'agissait, pour les Compagnies de Navigation aérienne, de lutter de vitesse avec les autres moyens de transport. C'est ce qu'expliquera, dans ce livre, Rivière, admirable figure de chef: «C'est pour nous une question de vie ou de mort, puisque nous perdons, chaque nuit, l'avance gagnée, pendant le jour, sur les chemins de fer et les navires.»[1] Ce service nocturne, fort critiqué d'abord, admis désormais, et devenu pratique après le risque des premières expériences, était encore, au moment de ce récit, fort hasardeux; à l'impalpable péril des routes aériennes semées de surprises, s'ajoute donc ici le perfide mystère de la nuit. Si grands que demeurent encore les risques, je me hâte de dire qu'ils vont diminuant de jour en jour, chaque nouveau voyage facilitant et assurant un peu mieux le suivant. Mais il y a pour l'aviation, comme pour l'exploration des terres inconnues, une première période héroïque, et *Vol de Nuit*, qui nous peint la tragique aventure d'un de ces pionniers de l'air, prend tout naturellement un ton d'épopée.

J'aime le premier livre de Saint-Exupéry, mais celui-ci bien davantage. Dans *Courrier Sud*, aux souvenirs de l'aviateur, notés avec une précision saisissante, se mêlait une intrigue sentimentale qui rapprochait de nous le héros. Si susceptible de tendresse, ah! que nous le sentions humain, vulnérable. Le héros de *Vol de Nuit*, non déshumanisé, certes, s'élève à une vertu surhumaine. Je crois que ce qui me plaît surtout dans ce récit frémissant, c'est sa noblesse. Les faiblesses, les abandons, les déchéances de l'homme, nous les connaissons de reste[2] et la littérature de nos jours n'est que trop habile à les dénoncer; mais ce surpassement de soi qu'obtient la volonté tendue,[3] c'est là ce que nous avons surtout besoin qu'on nous montre.

Plus étonnante encore que la figure de l'aviateur, m'apparaît celle de Rivière, son chef. Celui-ci n'agit pas lui-même: il fait agir, insuffle à ses pilotes sa vertu, exige d'eux le maximum, et les contraint à la prouesse. Son implacable décision ne tolère pas la faiblesse, et, par lui, la moindre défaillance est punie. Sa sévérité peut, au premier abord paraître inhumaine, excessive. Mais c'est aux imperfections qu'elle s'applique, non point à l'homme même, que Rivière prétend forger. On sent, à travers cette peinture, toute l'admiration de l'auteur. Je lui sais gré[4] particulièrement d'éclairer cette vérité paradoxale, pour moi d'une importance psychologique considérable: que le bonheur de l'homme n'est pas dans la liberté, mais dans l'acceptation d'un devoir. Chacun des personnages de ce livre est ardemment, totalement dévoué à ce qu'il *doit* faire, à cette tâche périlleuse dans le seul accomplissement de laquelle il trouvera le repos du bonheur. Et l'on entrevoit bien que Rivière n'est nullement insensible (rien de plus émouvant que le récit de la visite qu'il reçoit de la femme du disparu) et qu'il ne lui faut pas moins de courage pour donner ses ordres qu'à ses pilotes pour les exécuter.

«Pour se faire aimer, dira-t-il, il suffit de plaindre. Je ne plains guère, ou je le cache . . . je suis surpris parfois de mon pouvoir.»[5] Et encore: «Aimez ceux que vous commandez; mais sans le leur dire.»[6]

C'est aussi que le sentiment du devoir domine Rivière; «l'obscur sentiment d'un devoir, plus grand que celui d'aimer».[7] Que l'homme ne trouve point sa fin en lui-même, mais se subordonne et sacrifie à je ne sais quoi, qui le domine et vit de lui. Et j'aime à retrouver ici cet «obscur sentiment» qui faisait dire paradoxalement à mon Prométhée:[8] «je n'aime pas l'homme, j'aime ce qui le dévore». C'est la source de tout héroïsme: «Nous agissons, pensait Rivière, comme si quelque chose dépassait, en valeur, la vie humaine . . . Mais quoi?»[9] Et encore: «Il existe peut-être quelque chose d'autre à sauver, et de plus durable; peut-être est-ce à sauver cette part de l'homme, que Rivière travaille.»[10] N'en doutons pas.

En un temps où la notion de l'héroïsme tend à déserter l'armée, puisque les vertus viriles risquent de demeurer sans emploi dans les guerres de demain dont les chimistes nous invitent à pressentir la future horreur, n'est-ce pas dans l'aviation que nous voyons se déployer le plus admirablement et le plus utilement le courage? Ce qui serait témérité, cesse de l'être dans un service commandé. Le pilote, qui risque sans cesse sa vie, a quelque droit de sourire à l'idée que nous nous faisons d'ordinaire du «courage». Saint-Exupéry me permettra-t-il de citer une lettre de lui, déjà ancienne; elle remonte au temps où il survolait la Mauritanie pour assurer le service Casablanca-Dakar:[11]

«Je ne sais quand je rentrerai, j'ai tant de travail depuis quelques mois: recherches de camarades perdus, dépannages d'avions tombés en territoires dissidents,[12] et quelques courriers sur Dakar.

«Je viens de réussir un petit exploit: passé deux jours et deux nuits avec onze Maures et un mécanicien, pour sauver un avion. Alertes diverses et graves. Pour la première fois, j'ai entendu siffler des balles sur ma tête. Je connais enfin ce que je suis dans cette ambiance-là: beaucoup plus calme que les Maures. Mais j'ai aussi compris, ce qui m'avait toujours étonné: pourquoi Platon (ou Aristote?) place le courage au dernier rang des vertus. Ce n'est pas fait de bien beaux sentiments: un peu de rage, un peu de vanité, beaucoup d'entêtement et un plaisir sportif vulgaire. Surtout l'exaltation de sa force physique, qui pourtant n'a rien à y voir. On croise les bras sur sa chemise ouverte et on respire bien. C'est plutôt agréable. Quand ça se produit la nuit, il s'y mêle le sentiment d'avoir fait une immense bêtise. Jamais plus je n'admirerai un homme qui ne serait que courageux.»

Je pourrais mettre en épigraphe à cette citation un apophtegme extrait du livre de Quinton[13] (que je suis loin d'approuver toujours):

«On se cache d'être brave comme d'aimer»; ou mieux encore: «Les braves cachent leurs actes comme les honnêtes gens leurs aumônes. Ils les déguisent ou s'en excusent.»

Tout ce que Saint-Exupéry raconte, il en parle «en connaissance de cause».[14] Le personnel affrontement d'un fréquent péril donne à son livre une saveur authentique et inimitable. Nous avons eu de nombreux récits de guerre ou d'aventures imaginaires où l'auteur parfois faisait preuve d'un souple talent, mais qui prêtent à sourire aux vrais aventuriers ou combattants qui les lisent. Ce récit, dont j'admire aussi bien la valeur littéraire, a d'autre part la valeur d'un document, et ces deux qualités, si inespérément unies donnent à *Vol de Nuit* son exceptionnelle importance.

ANDRÉ GIDE.[15]

VOL DE NUIT

I

Les collines, sous l'avion,[1] creusaient déjà leur sillage d'ombre dans l'or du soir.[2] Les plaines devenaient lumineuses mais d'une inusable lumière: dans ce pays elles n'en finissent pas de rendre leur or[3] de même qu'après l'hiver, elles n'en finissent pas de rendre leur neige.

Et le pilote Fabien, qui ramenait de l'extrême Sud, vers Buenos-Aires, le courrier de Patagonie, reconnaissait l'approche du soir aux mêmes signes que les eaux d'un port: à ce calme, à ces rides légères qu'à peine dessinaient de tranquilles nuages. Il entrait dans une rade immense et bienheureuse.

Il eut pu croire aussi, dans ce calme, faire une lente promenade, presque comme un berger. Les bergers de Patagonie vont, sans se presser, d'un troupeau à l'autre: il allait d'une ville à l'autre, il était le berger des petites villes. Toutes les deux heures, il en rencontrait qui venaient boire au bord des fleuves ou qui broutaient leur plaine.

Quelquefois, après cent kilomètres de steppes plus inhabitées que la mer, il croisait une ferme perdue, et qui semblait emporter en arrière, dans une houle de prairies,[4] sa charge de vies humaines, alors il saluait des ailes ce navire.

«San-Julian est en vue; nous atterrirons dans dix minutes.»

Le radio[4a] navigant passait la nouvelle à tous les postes de la ligne.

Sur deux mille cinq cents kilomètres, du détroit de Magellan à Buenos-Aires, des escales semblables s'échelonnaient; mais celle-ci s'ouvrait sur les frontières de la nuit comme, en Afrique, sur le mystère, la dernière bourgade soumise.[5]

Le radio passa un papier au pilote:

«—Il y a tant d'orages que les décharges remplissent mes écouteurs. Coucherez-vous à San-Julian?»

Fabien sourit: le ciel était calme comme un aquarium et toutes les escales, devant eux, leur signalaient «Ciel pur, vent nul.» Il répondit:

«—Continuerons.»

Mais le radio pensait que des orages s'étaient installés quelque part, comme des vers s'installent dans un fruit; la nuit serait belle et pourtant gâtée:[6] il lui répugnait d'entrer dans cette ombre prête à pourrir.

En descendant moteur au ralenti[7] sur San-Julian, Fabien se sentit las. Tout ce qui fait douce la vie des hommes grandissait vers lui:[8] leurs maisons, leurs petits cafés, les arbres de leur promenade. Il était semblable à un conquérant, au soir de de ses conquêtes, qui se penche sur les terres de l'empire, et découvre l'humble bonheur des hommes. Fabien avait besoin de déposer les armes, de ressentir sa lourdeur et ses courbatures, on est riche aussi de ses misères,[9] et d'être ici un homme simple, qui regarde par la fenêtre une vision désormais immuable.[10] Ce village minuscule, il l'eût accepté: après avoir choisi on se contente du hasard de son existence et on peut l'aimer. Il vous borne comme l'amour. Fabien eût désiré vivre ici longtemps, prendre sa part ici d'éternité,[11] car les petites villes, où il vivait une heure, et les jardins clos de vieux murs, qu'il traversait, lui semblaient éternels de durer en dehors de lui. Et le village montait vers l'équipage et vers lui s'ouvrait. Et Fabien pensait aux amitiés, aux filles tendres, à l'intimité des nappes blanches, à tout ce qui, lentement, s'apprivoise pour l'éternité.[12] Et le village coulait déjà au ras des ailes, étalant le mystère de ses jardins fermés que leurs murs ne protégeaient plus. Mais Fabien, ayant atterri, sut qu'il n'avait rien vu, sinon le mouvement lent de quelques hommes parmi leurs pierres. Ce village défendait, par sa seule immobilité, le secret de ses passions, ce village refusait sa douceur: il eût fallu renoncer à l'action pour la conquérir.

Quand les dix minutes d'escale furent écoulées, Fabien dut repartir.

Il se retourna vers San-Julian: ce n'était plus qu'une poignée de lumières, puis d'étoiles, puis se dissipa la poussière qui, pour la dernière fois, le tenta.

«Je ne vois plus les cadrans: j'allume.»

Il toucha les contacts, mais les lampes rouges de la carlingue versèrent vers les aiguilles une lumière encore si diluée dans cette lumière bleue qu'elle ne les colorait pas. Il passa les doigts devant une ampoule: ses doigts se teintèrent à peine.

«Trop tôt.»

Pourtant la nuit montait, pareille à une fumée sombre, et déjà comblait les vallées. On ne distinguait plus celles-ci des plaines. Déjà pourtant s'éclairaient les villages, et leurs constellations se répondaient. Et lui aussi, du doigt, faisait cligner ses feux de position, répondait aux villages. La terre était tendue d'appels lumineux, chaque maison allumant son étoile, face à l'immense nuit, ainsi qu'on tourne un phare vers la mer. Tout ce qui couvrait une vie humaine déjà scintillait. Fabien admirait que l'entrée dans la nuit se fît cette fois, comme une entrée en rade, lente et belle.

Il enfouit sa tête dans la carlingue. Le radium des aiguilles commençait à luire. L'un après l'autre le pilote vérifia des chiffres et fut content. Il se découvrait solidement assis dans le ciel. Il effleura du doigt un longeron d'acier, et sentit dans le métal ruisseler la vie: le métal ne vibrait pas, mais vivait. Les cinq cents chevaux du moteur[13] faisaient naître dans la matière un courant très doux, qui changeait sa glace en chair de velours. Une fois de plus, le pilote n'éprouvait, en vol, ni vertige, ni ivresse, mais le travail mystérieux d'une chair vivante.

Maintenant il s'était recomposé un monde, il y jouait des coudes pour s'y installer bien à l'aise.

Il tapota le tableau de distribution électrique, toucha les contacts un à un, remua un peu, s'adossa mieux, et chercha la position la meilleure pour bien sentir les balancements des cinq tonnes de métal qu'une nuit mouvante épaulait. Puis il tâtonna, poussa en place sa lampe de secours, l'abandonna, la retrouva, s'assura qu'elle ne glissait pas, la quitta de nouveau pour tapoter chaque manette, les joindre à coup sûr, instruire ses doigts pour un monde d'aveugle. Puis, quand ses doigts le connurent bien, il se permit d'allumer une lampe, d'orner sa carlingue d'instruments précis, et surveilla sur les cadrans seuls, son entrée dans la nuit, comme une plongée. Puis, comme rien ne vacillait, ni ne vibrait, ni ne tremblait, et que demeuraient fixes son gyroscope, son altimètre et le régime du moteur, il s'étira un peu, appuya sa nuque au cuir du siège, et commença cette profonde méditation du vol, où l'on savoure une espérance inexplicable.[14]

Et maintenant, au cœur de la nuit comme un veilleur, il découvre que la nuit montre l'homme: ces appels, ces lumières, cette inquiétude. Cette simple étoile dans l'ombre: l'isolement d'une maison. L'une s'éteint: c'est une maison qui se ferme sur son amour.

Ou sur son ennui. C'est une maison qui cesse de faire son signal au reste du monde. Ils ne savent pas ce qu'ils espèrent ces paysans accoudés à la table devant leur lampe: ils ne savent pas que leur désir porte si loin, dans la grande nuit qui les enferme. Mais Fabien le découvre quand il vient de mille kilomètres et sent des lames de fond[15] profondes soulever et descendre l'avion qui respire, quand il a traversé dix orages, comme des pays de guerre, et, entre eux, des clairières de lune, et quand il gagne ces lumières, l'une après l'autre, avec le sentiment de vaincre. Ces hommes croient que leur lampe luit pour l'humble table, mais à quatre-vingts kilomètres d'eux, on est déjà touché par l'appel de cette lumière, comme s'ils la balançaient désespérés, d'une île déserte, devant la mer.

II

Ainsi les trois avions postaux[1] de la Patagonie, du Chili et du Paraguay revenaient du Sud, de l'Ouest et du Nord vers Buenos-Aires. On y attendait leur chargement pour donner le départ, vers minuit, à l'avion d'Europe.[2]

Trois pilotes, chacun à l'arrière d'un capot lourd comme un chaland, perdus dans la nuit, méditaient leur vol, et, vers la ville immense, descendraient lentement de leur ciel d'orage ou de paix, comme d'étranges paysans descendent de leurs montagnes.

Rivière, responsable du réseau entier, se promenait de long en large sur le terrain d'atterrissage de Buenos-Aires. Il demeurait silencieux car, jusqu'à l'arrivée des trois avions, cette journée, pour lui, restait redoutable. Minute par minute, à mesure que les télégrammes lui parvenaient, Rivière avait conscience d'arracher quelque chose au sort, de réduire la part d'inconnu, et de tirer ses équipages, hors de la nuit, jusqu'au rivage.

Un manœuvre aborda Rivière pour lui communiquer un message du poste Radio:

—Le courrier du Chili signale qu'il aperçoit les lumières de Buenos-Aires.

—Bien.

Bientôt Rivière entendrait cet avion: la nuit en livrait un déjà, ainsi qu'une mer, pleine de flux et de reflux et de mystères, livre à la plage le trésor qu'elle a si longtemps ballotté. Et plus tard on recevrait d'elle les deux autres.

Alors cette journée serait liquidée. Alors les équipes usées iraient dormir, remplacées par les équipes fraîches. Mais Rivière n'aurait point de repos: le courrier d'Europe, à son tour, le chargerait d'inquiétudes. Il en serait toujours ainsi. Toujours. Pour la première fois ce vieux lutteur s'étonnait de se sentir las. L'arrivée des avions ne serait jamais cette victoire qui termine une guerre, et ouvre une ère de paix bienheureuse. Il n'y aurait jamais, pour lui, qu'un pas de fait précédant mille pas semblables. Il semblait à Rivière qu'il soulevait un poids très lourd, à bras tendus, depuis longtemps: un effort sans repos et sans espérance. «Je vieillis . . .» Il vieillissait si dans l'action seule il ne trouvait plus sa nourriture. Il s'étonna de réfléchir sur des problèmes qu'il ne s'était jamais posés. Et pourtant revenait contre lui, avec un murmure mélancolique, la masse des douceurs qu'il avait toujours écartées: un océan perdu. «Tout cela est donc si proche? . . .» Il s'aperçut qu'il avait peu à peu repoussé vers la vieillesse, pour «quand il aurait le temps» ce qui fait douce la vie des hommes. Comme si réellement on pouvait avoir le temps un jour, comme si l'on gagnait, à l'extrémité de la vie, cette paix bienheureuse que l'on imagine. Mais il n'y a pas de paix. Il n'y a peut-être pas de victoire. Il n'y a pas d'arrivée définitive de tous les courriers.

Rivière s'arrêta devant Leroux, un vieux contremaître qui travaillait. Leroux, lui aussi, travaillait depuis quarante ans. Et le travail prenait toutes ses forces. Quand Leroux rentrait chez lui vers dix heures du soir, ou minuit, ce n'était pas un autre monde qui s'offrait à lui, ce n'était pas une évasion. Rivière sourit à cet homme qui relevait son visage lourd, et désignait un axe bleui:[3] «Ça tenait trop dur, mais je l'ai eu.» Rivière se pencha sur l'axe. Rivière était repris par le métier. «Il faudra dire aux ateliers d'ajuster ces pièces-là plus libres.»[4] Il tâta du doigt les traces du grippage, puis considéra de nouveau Leroux. Une drôle de question lui venait aux lèvres, devant ces rides sévères. Il en souriait:

—Vous vous êtes beaucoup occupé d'amour, Leroux, dans votre vie?

—Oh! l'amour, vous savez, monsieur le Directeur . . .

—Vous êtes comme moi, vous n'avez jamais eu le temps.

—Pas bien beaucoup . . .

Rivière écoutait le son de la voix, pour connaître si la réponse était amère: elle n'était pas amère. Cet homme éprouvait, en face de sa vie passée, le tranquille contentement du menuisier qui vient de polir une belle planche: «Voilà. C'est fait.»

«Voilà, pensait Rivière, ma vie est faite.»

Il repoussa toutes les pensées tristes qui lui venaient de sa fatigue, et se dirigea vers le hangar, car l'avion du Chili grondait.

III

Le son de ce moteur lointain devenait de plus en plus dense. Il mûrissait.[1] On donna les feux.[2] Les lampes rouges du balisage dessinèrent un hangar, des pylônes de T.S.F., un terrain carré.[3] On dressait une fête.[4]

—Le voilà!

L'avion roulait déjà dans le faisceau des phares. Si brillant qu'il en semblait neuf. Mais, quand il eut stoppé enfin devant le hangar, tandis que les mécaniciens et les manœuvres se pressaient pour décharger la poste, le pilote Pellerin ne bougea pas.

—Eh bien? qu'attendez-vous pour descendre?

Le pilote, occupé à quelque mystérieuse besogne, ne daigna pas répondre. Probablement il écoutait encore tout le bruit du vol passer en lui. Il hochait lentement la tête, et, penché en avant, manipulait on ne sait quoi. Enfin il se retourna vers les chefs et les camarades, et les considéra gravement, comme sa propriété. Il semblait les compter et les mesurer et les peser, et il pensait qu'il les avait bien gagnés, et aussi ce hangar de fête et ce ciment solide et, plus loin, cette ville avec son mouvement, ses femmes et sa chaleur. Il tenait ce peuple dans ses larges mains, comme des sujets, puisqu'il pouvait les toucher, les entendre et les insulter. Il pensa d'abord les insulter d'être là tranquilles, sûrs de vivre, admirant la lune, mais il fut débonnaire:

— . . . Paierez à boire!

Et il descendit.

Il voulut raconter son voyage:

—Si vous saviez! . . .

Jugeant sans doute en avoir assez dit, il s'en fut retirer son cuir.[5]

Quand la voiture l'emporta vers Buenos-Aires en compagnie d'un inspecteur morne et de Rivière silencieux, il devint triste: c'est beau de se tirer d'affaire,[6] et de lâcher avec santé, en reprenant pied, de bonnes injures. Quelle joie puissante! Mais ensuite, quand on se souvient, on doute on ne sait de quoi.

La lutte dans le cyclone, ça, au moins, c'est réel, c'est franc. Mais non le visage des choses,[7] ce visage qu'elles prennent quand elles se croient seules. Il pensait:

«C'est tout à fait pareil à une révolte: des visages qui pâlissent à peine, mais changent tellement!»

Il fit un effort pour se souvenir.

Il franchissait, paisible, le Cordillère des Andes. Les neiges de l'hiver pesaient sur elle de toute leur paix. Les neiges de l'hiver avaient fait la paix dans cette masse, comme les siècles dans les châteaux morts. Sur deux cents kilomètres d'épaisseur, plus un homme, plus un souffle de vie, plus un effort. Mais des arêtes verticales, qu'à six mille d'altitude on frôle, mais des manteaux de pierre qui tombent droit, mais une formidable tranquillité.

Ce fut aux environs du Pic Tupungato . . .

Il réfléchit. Oui, c'est bien là qu'il fut le témoin d'un miracle.

Car il n'avait d'abord rien vu, mais s'était simplement senti gêné, semblable à quelqu'un qui se croyait seul, qui n'est plus seul, que l'on regarde. Il s'était senti, trop tard et sans bien comprendre comment, entouré par de la colère. Voilà. D'où venait cette colère?

A quoi devinait-il qu'elle suintait des pierres, qu'elle suintait de la neige? Car rien ne semblait venir à lui, aucune tempête sombre n'était en marche. Mais un monde à peine différent, sur place, sortait de l'autre. Pellerin regardait, avec un serrement de cœur inexplicable, ces pics innocents, ces arêtes, ces crêtes de neige, à peine plus gris, et qui pourtant commençaient à vivre—comme un peuple.

Sans avoir à lutter, il serrait les mains sur les commandes. Quelque chose se préparait qu'il ne comprenait pas. Il bandait ses muscles, tel une bête qui va sauter, mais il ne voyait rien qui ne fût calme. Oui, calme, mais chargé d'un étrange pouvoir.

Puis tout s'était aiguisé. Ces arêtes, ces pics, tout devenait aigu: on les sentait pénétrer, comme des étraves,[8] le vent dur. Et puis il lui sembla qu'elles viraient et dérivaient autour de lui, à la façon de navires géants qui s'installent pour le combat. Et puis il y eut, mêlée à l'air, une poussière: elle montait, flottant doucement, comme un voile, le long des neiges. Alors, pour chercher une issue en cas de retraite nécessaire, il se retourna et trembla: toute la Cordillère, en arrière, semblait fermenter.

—Je suis perdu.

D'un pic, à l'avant, jaillit la neige: un volcan de neige. Puis d'un second pic, un peu à droite. Et tous les pics, ainsi, l'un après l'autre s'enflammèrent, comme successivement touchés par quelque invisible coureur. C'est alors qu'avec les premiers remous de l'air les montagnes autour du pilote oscillèrent.

L'action violente laisse peu de traces: il ne retrouvait plus en lui le souvenir des grands remous qui l'avaient roulé. Il se rappelait seulement s'être débattu, avec rage, dans ces flammes grises.

Il réfléchit.

«Le cyclone, ce n'est rien. On sauve sa peau. Mais auparavant! Mais cette rencontre que l'on fait!»

Il pensait reconnaître,[9] entre mille, un certain visage, et pourtant il l'avait déjà oublié.

IV

Rivière regardait Pellerin. Quand celui-ci descendrait
de voiture, dans vingt minutes, il se mêlerait à la foule
avec un sentiment de lassitude et de lourdeur. Il penserait
peut-être: «Je suis bien fatigué . . . sale métier!» Et à sa
femme il avouerait quelque chose comme «on est mieux
ici que sur les Andes». Et pourtant tout ce à quoi les
hommes tiennent si fort s'était presque détaché de lui: il
venait d'en connaître la misère. Il venait de vivre quelques heures sur l'autre face du décor, sans savoir s'il lui
serait permis de rétablir pour soi cette ville dans ses lumières. S'il retrouverait même encore, amies d'enfance en-
nuyeuses mais chères, toutes ses petites infirmités d'homme.
«Il y a dans toute foule, pensait Rivière, des hommes que
l'on ne distingue pas,[1] et qui sont de prodigieux messagers.
Et sans le savoir eux-mêmes. A moins que . . .» Rivière
craignait certains admirateurs.[2] Ils ne comprenaient pas
le caractère sacré de l'aventure, et leurs exclamations en
faussaient le sens, diminuaient l'homme. Mais Pellerin
gardait ici toute sa grandeur d'être simplement instruit,
mieux que personne, sur ce que vaut le monde entrevu
sous un certain jour, et de repousser les approbations vul-
gaires avec un lourd dédain. Aussi Rivière le félicita-t-il:
«Comment avez-vous réussi?» Et l'aima de parler simplement métier, de parler de son vol comme un forgeron de
son enclume.

Pellerin expliqua d'abord sa retraite coupée. Il s'excu-
sait presque: «Aussi je n'ai pas eu le choix.» Ensuite il
n'avait plus rien vu: la neige l'aveuglait. Mais de violents
courants l'avaient sauvé, en le soulevant à sept mille. «J'ai
dû être maintenu au ras des crêtes pendant toute la

traversée.» Il parla aussi du gyroscope dont il faudrait changer de place la prise d'air:[3] la neige l'obturait: «Ça forme verglas, voyez-vous.» Plus tard d'autres courants avaient culbuté Pellerin, et, vers trois mille, il ne comprenait plus comment il n'avait rien heurté encore. C'est qu'il survolait déjà la plaine. «Je m'en suis aperçu tout d'un coup, en débouchant dans du ciel pur.» Il expliqua enfin qu'il avait eu, à cet instant-là, l'impression de sortir d'une caverne.

—Tempête aussi à Mendoza?

—Non. J'ai atterri par ciel pur, sans vent. Mais la tempête me suivait de près.

Il la décrivit parce que, disait-il, «tout de même c'était étrange». Le sommet[4] se perdait très haut dans les nuages de neige, mais la base roulait sur la plaine ainsi qu'une lave noire. Une à une, les villes étaient englouties. «Je n'ai jamais vu ça . . .» Puis il se tut, saisi par quelque souvenir.

Rivière se retourna vers l'inspecteur.

—C'est un cyclone du Pacifique, on nous a prévenus trop tard. Ces cyclones ne dépassent d'ailleurs jamais les Andes.

On ne pouvait prévoir que celui-là poursuivrait sa marche vers l'Est.

L'inspecteur, qui n'y connaissait rien,[5] approuva.

L'inspecteur parut hésiter, se retourna vers Pellerin, et sa pomme d'Adam remua. Mais il se tut. Il reprit, après réflexion, en regardant droit devant soi, sa dignité mélancolique.

Il la promenait, ainsi qu'un bagage, cette mélancolie. Débarqué la veille en Argentine, appelé par Rivière pour de vagues besognes, il était empêtré de ses grandes mains et de sa dignité d'inspecteur. Il n'avait le droit d'admirer ni la fantaisie, ni la verve: il admirait par fonction la ponctualité. Il n'avait le droit de boire un verre en compagnie, de tutoyer un camarade et de risquer un calembour que si, par un hasard invraisemblable, il rencontrait, dans la même escale, un autre inspecteur.

«Il est dur, pensait-il, d'être un juge.»

A vrai dire, il ne jugeait pas, mais hochait la tête. Ignorant tout, il hochait la tête, lentement, devant tout ce qu'il rencontrait. Cela troublait les consciences noires et contribuait au bon entretien du matériel.[6] Il n'était guère aimé, car un inspecteur n'est pas créé pour les délices de l'amour, mais pour la rédaction de rapports. Il avait renoncé à y proposer des méthodes nouvelles et des solutions techniques, depuis que Rivière avait écrit: «L'inspecteur Robineau est prié de nous fournir, non des poèmes, mais des rapports. L'inspecteur Robineau utilisera heureusement ses compétences, en stimulant le zèle du personnel.» Aussi se jetait-il désormais, comme sur son pain quotidien, sur les défaillances humaines. Sur le mécanicien qui buvait, le chef d'aéroplace qui passait des nuits blanches,[7] le pilote qui rebondissait à l'atterrissage.[8]

Rivière disait de lui: «Il n'est pas très intelligent, aussi rend-il de grands services.» Un règlement établi par Rivière était, pour Rivière, connaissance des hommes; mais pour Robineau n'existait plus qu'une connaissance du règlement.

«—Robineau, pour tous les départs retardés,[9] lui avait dit un jour Rivière, vous devez faire sauter les primes d'exactitude.»[10]

«—Même pour le cas de force majeure?[11] Même par brume?»

«—Même par brume.»

Et Robineau éprouvait une sorte de fierté d'avoir un chef si fort qu'il ne craignait pas d'être injuste. Et Robineau lui-même tirerait quelque majesté d'un pouvoir aussi offensant.[12]

—Vous avez donné le départ à six heures quinze, répétait-il plus tard aux chefs d'aéroports, nous ne pourrons vous payer votre prime.

—Mais, monsieur Robineau, à cinq heures trente, on ne voyait pas à dix mètres!

—C'est le règlement.

—Mais, monsieur Robineau, nous ne pouvons pas balayer la brume!

Et Robineau se retranchait dans son mystère. Il faisait partie de la direction. Seul, parmi ces totons,[13] il comprenait comment, en châtiant les hommes, on améliorera le temps.

«Il ne pense rien, disait de lui Rivière, ça lui évite de penser faux.»

Si un pilote cassait un appareil, ce pilote perdait sa prime de non-casse.

«—Mais quand la panne a eu lieu sur un bois?» s'était informé Robineau.

«—Sur un bois aussi.»

Et Robineau se le tenait pour dit.[14]

—Je regrette, disait-il plus tard aux pilotes, avec une vive ivresse, je regrette même infiniment, mais il fallait avoir la panne ailleurs.

—Mais, monsieur Robineau, on ne choisit pas!

—C'est le règlement.

«Le règlement, pensait Rivière, est semblable aux rites d'une religion qui semblent absurdes mais façonnent les hommes.» Il était indifférent à Rivière de paraître juste ou injuste. Peut-être ces mots-là n'avaient-ils même pas de sens pour lui. Les petits bourgeois des petites villes tournent le soir autour de leur kiosque à musique et Rivière pensait: «Juste ou injuste envers eux, cela n'a pas de sens: ils n'existent pas.» L'homme était pour lui une cire vierge qu'il fallait pétrir. Il fallait donner une âme à cette

matière, lui créer une volonté. Il ne pensait pas les asservir
par cette dureté, mais les lancer hors d'eux-mêmes. S'il
châtiait ainsi tout retard, il faisait acte d'injustice mais il
tendait vers le départ[14a] la volonté de chaque escale; il
créait cette volonté. Ne permettant pas aux hommes de se
réjouir d'un temps bouché, comme d'une invitation au
repos, il les tenait en haleine vers l'éclaircie, et l'attente
humiliait secrètement jusqu'au manœuvre le plus obscur.
On profitait ainsi du premier défaut dans l'armure:[14b] «Dé-
bouché au nord, en route!» Grâce à Rivière, sur quinze
mille kilomètres, le culte du courrier primait tout.[15]

Rivière disait parfois:

«—Ces hommes-là sont heureux, parce qu'ils aiment ce
qu'ils font, et ils l'aiment parce que je suis dur.»

Il faisait peut-être souffrir, mais procurait aussi aux
hommes de fortes joies. «Il faut les pousser, pensait-il, vers
une vie forte qui entraîne des souffrances et des joies, mais
qui seule compte.»

Comme la voiture entrait en ville, Rivière se fit con-
duire au bureau de la Compagnie. Robineau, resté seul
avec Pellerin, le regarda, et entr'ouvrit les lèvres pour
parler.

V

Or Robineau ce soir était las. Il venait de découvrir, en
face de Pellerin vainqueur, que sa propre vie était grise.
Il venait surtout de découvrir que lui, Robineau, malgré
son titre d'inspecteur et son autorité, valait moins que cet
homme rompu de fatigue, tassé dans l'angle de la voiture,
les yeux clos et les mains noires d'huile. Pour la première
fois Robineau admirait. Il avait besoin de le dire. Il avait

besoin surtout de se gagner une amitié. Il était las de son
voyage et de ses échecs du jour, peut-être se sentait-il
même un peu ridicule. Il s'était embrouillé, ce soir, dans
ses calculs en vérifiant les stocks d'essence, et l'agent
même qu'il désirait surprendre,[1] pris de pitié, les avait
achevés pour lui. Mais surtout il avait critiqué le montage
d'une pompe à huile du type B. 6, la confondant avec une
pompe à huile du type B. 4, et les mécaniciens sournois
l'avaient laissé flétrir[2] pendant vingt minutes «une ignorance que rien n'excuse», sa propre ignorance.

Il avait peur aussi de sa chambre d'hôtel. De Toulouse
à Buenos-Aires, il la regagnait invariablement après le
travail. Il s'y enfermait, avec la conscience des secrets
dont il était lourd, tirait de sa valise une rame de papier,
écrivait lentement «Rapport», hasardait quelques lignes
et déchirait tout. Il aurait aimé sauver la Compagnie d'un
grand péril. Elle ne courait aucun péril. Il n'avait guère
sauvé jusqu'à présent qu'un moyeu d'hélice touché par la
rouille. Il avait promené son doigt sur cette rouille, d'un
air funèbre, lentement, devant un chef d'aéroplace, qui lui
avait d'ailleurs répondu: «Adressez-vous à l'escale précé-
dente: cet avion-là vient d'en arriver.» Robineau doutait
de son rôle.[3]

Il hasarda, pour se rapprocher de Pellerin:

—Voulez-vous dîner avec moi? J'ai besoin d'un peu de
conversation, mon métier est quelquefois dur . . .

Puis corrigea pour ne pas descendre trop vite:

—J'ai tant de responsabilités!

Ses subalternes n'aimaient guère mêler Robineau à leur
vie privée. Chacun pensait:

«S'il n'a encore rien trouvé pour son rapport, comme il
a très faim, il me mangera.»

Mais Robineau, ce soir, ne pensait guère qu'à ses
misères: le corps affligé d'un gênant eczéma, son seul vrai

secret, il eût aimé le raconter, se faire plaindre, et ne trouvant point de consolations dans l'orgueil, en chercher dans l'humilité. Il possédait aussi, en France, une maîtresse, à qui, la nuit de ses retours, il racontait ses inspections, pour l'éblouir un peu et se faire aimer, mais qui justement le prenait en grippe, et il avait besoin de parler d'elle.

—Alors, vous dînez avec moi?

Pellerin, débonnaire, accepta.

VI

Les secrétaires somnolaient dans les bureaux de Buenos-Aires, quand Rivière entra. Il avait gardé son manteau, son chapeau, il ressemblait toujours à un éternel voyageur, et passait presque inaperçu, tant sa petite taille déplaçait peu d'air,[1] tant ses cheveux gris et ses vêtements anonymes s'adaptaient à tous les décors. Et pourtant un zèle anima les hommes. Les secrétaires s'émurent,[2] le chef de bureau compulsa d'urgence les derniers papiers, les machines à écrire cliquetèrent.

Le téléphoniste plantait ses fiches[3] dans le standard, et notait sur un livre épais les télégrammes.

Rivière s'assit et lut.

Après l'épreuve du Chili, il relisait l'histoire d'un jour heureux où les choses s'ordonnent d'elles-mêmes, où les messages, dont se délivrent l'un après l'autre les aéroports franchis, sont de sobres bulletins de victoire. Le courrier de Patagonie, lui aussi, progressait vite: on était en avance sur l'horaire, car les vents poussaient du Sud vers le Nord leur grande houle favorable.

—Passez-moi les messages météo.

Chaque aéroport vantait son temps clair, son ciel transparent, sa bonne brise. Un soir doré[4] avait habillé

l'Amérique. Rivière se réjouit du zèle des choses. Maintenant ce courrier luttait quelque part dans l'aventure de
la nuit, mais avec les meilleures chances.

Rivière repoussa le cahier.

—Ça va.

Et sortit jeter un coup d'œil sur les services, veilleur de
nuit qui veillait sur la moitié du monde.

Devant une fenêtre ouverte il s'arrêta et comprit la nuit.
Elle contenait Buenos-Aires, mais aussi, comme une vaste
nef, l'Amérique. Il ne s'étonna pas de ce sentiment de
grandeur: le ciel de Santiago du Chili, un ciel étranger,
mais une fois le courrier en marche vers Santiago du Chili,
on vivait, d'un bout à l'autre de la ligne, sous la même
voûte profonde. Cet autre courrier maintenant dont on
guettait la voix dans les écouteurs de T.S.F., les pêcheurs
de Patagonie en voyaient luire les feux de bord. Cette
inquiétude d'un avion en vol quand elle pesait sur Rivière,
pesait aussi sur les capitales et les provinces, avec le
grondement du moteur.

Heureux de cette nuit bien dégagée,[5] il se souvenait de
nuits de désordre, où l'avion lui semblait dangereusement
enfoncé[6] et si difficile à secourir. On suivait du Poste
Radio de Buenos-Aires sa plainte mêlée au grésillement
des orages. Sous cette gangue[7] sourde, l'or de l'onde musicale se perdait. Quelle détresse dans le chant mineur d'un
courrier jeté en flèche aveugle vers les obstacles de la nuit!

Rivière pensa que la place d'un inspecteur, une nuit de
veille, est au bureau.

—Faites-moi chercher Robineau.

Robineau était sur le point de faire d'un pilote son ami.
Il avait, à l'hôtel, devant lui déballé sa valise; elle livrait
ces menus objets par quoi les inspecteurs se rapprochent

du reste des hommes: quelques chemises de mauvais goût, un nécessaire de toilette, puis une photographie de femme maigre que l'inspecteur piqua au mur. Il faisait ainsi à Pellerin l'humble confession de ses besoins, de ses tendresses, de ses regrets. Alignant dans un ordre misérable ses trésors, il étalait devant le pilote sa misère. Un eczéma moral. Il montrait sa prison.

Mais pour Robineau, comme pour tous les hommes, existait une petite lumière. Il avait éprouvé une grande douceur en tirant du fond de sa valise, précieusement enveloppé, un petit sac. Il l'avait tapoté longtemps sans rien dire. Puis desserrant enfin les mains:

—J'ai ramené ça du Sahara . . .

L'inspecteur avait rougi d'oser une telle confidence. Il était consolé de ses déboires et de son infortune conjugale, et de toute cette grise vérité par de petits cailloux noirâtres qui ouvraient une porte sur le mystère.

Rougissant un peu plus:

—On trouve les mêmes au Brésil . . .

Et Pellerin avait tapoté l'épaule d'un inspecteur qui se penchait sur l'Atlantide.[8]

Par pudeur aussi Pellerin avait demandé:

—Vous aimez la géologie?

—C'est ma passion.

Seules, dans la vie, avaient été douces pour lui, les pierres.

Robineau, quand on l'appela, fut triste, mais redevint digne.

—Je dois vous quitter, M. Rivière a besoin de moi pour quelques décisions graves.

Quand Robineau pénétra au bureau, Rivière l'avait oublié. Il méditait devant une carte murale où s'inscrivait en rouge le réseau de la Compagnie. L'inspecteur attendait ses ordres. Après de longues minutes, Rivière, sans détourner la tête, lui demanda:

—Que pensez-vous de cette carte, Robineau?

Il posait parfois des rébus en sortant d'un songe.

—Cette carte, monsieur le Directeur . . .

L'inspecteur, à vrai dire, n'en pensait rien, mais, fixant la carte d'un air sévère, il inspectait en gros l'Europe et l'Amérique. Rivière d'ailleurs poursuivait, sans lui en faire part, ses méditations: «Le visage de ce réseau est beau mais dur. Il nous a coûté beaucoup d'hommes, de jeunes hommes. Il s'impose ici, avec l'autorité des choses bâties, mais combien de problèmes il pose!» Cependant, le but pour Rivière dominait tout.

Robineau, debout auprès de lui, fixant toujours, droit devant soi, la carte, peu à peu se redressait. De la part de Rivière, il n'espérait aucun apitoiement.

Il avait une fois tenté sa chance en avouant sa vie gâchée par sa ridicule infirmité, et Rivière lui avait répondu par une boutade: «Si ça vous empêche de dormir, ça stimulera votre activité.»

Ce n'était qu'une demi-boutade. Rivière avait coutume d'affirmer: «Si les insomnies d'un musicien lui font créer de belles œuvres, ce sont de belles insomnies.» Un jour il avait désigné Leroux: «Regardez-moi ça, comme c'est beau, cette laideur qui repousse l'amour . . .» Tout ce que Leroux avait de grand, il le devait peut-être à cette disgrâce[9] qui avait réduit sa vie à celle du métier.

—Vous êtes très lié avec Pellerin?

—Euh! . . .

—Je ne vous le reproche pas.

Rivière fit demi-tour, et, la tête penchée, marchant à petits pas, il entraînait avec lui Robineau. Un sourire triste lui vint aux lèvres, que Robineau ne comprit pas.

—Seulement . . . seulement vous êtes le chef.

—Oui, fit Robineau.

Rivière pensa qu'ainsi, chaque nuit, une action se nouait dans le ciel comme un drame. Un fléchissement des volontés pouvait entraîner une défaite, on aurait peut-être à lutter beaucoup d'ici le jour.[9a]

—Vous devez rester dans votre rôle.

Rivière pesait ses mots:

—Vous commanderez peut-être à ce pilote, la nuit prochaine, un départ dangereux: il devra obéir.

—Oui . . .

—Vous disposez presque de la vie des hommes, et d'hommes qui valent mieux que vous . . .

Il parut hésiter.

—Ça, c'est grave.

Rivière, marchant toujours à petits pas, se tut quelques secondes.

—Si c'est par amitié qu'ils vous obéissent, vous les dupez. Vous n'avez droit vous-même à aucun sacrifice.

—Non . . . bien sûr.

—Et, s'ils croient que votre amitié leur épargnera certaines corvées, vous les dupez aussi: il faudra bien qu'ils obéissent. Asseyez-vous là.

Rivière doucement, de la main, poussait Robineau vers son bureau.

—Je vais vous mettre à votre place, Robineau. Si vous êtes las, ce n'est pas à ces hommes de vous soutenir. Vous êtes le chef. Votre faiblesse est ridicule. Ecrivez.

—Je . . .

—Ecrivez: «L'inspecteur Robineau inflige au pilote Pellerin telle sanction pour tel motif . . .» Vous trouverez un motif quelconque.

—Monsieur le Directeur!

—Faites comme si vous compreniez, Robineau. Aimez ceux que vous commandez. Mais sans le leur dire.

Robineau, de nouveau, avec zèle, ferait nettoyer les moyeux d'hélice.

Un terrain de secours[10] communiqua par T.S.F. «Avion en vue. Avion signale: Baisse de régime,[11] vais atterrir.»

On perdrait sans doute une demi-heure. Rivière connut cette irritation, que l'on éprouve quand le rapide stoppe sur la voie, et que les minutes ne délivrent plus leur lot de plaines.[12] La grande aiguille de la pendule décrivait maintenant un espace mort: tant d'événements auraient pu tenir dans cette ouverture de compas. Rivière sortit pour tromper l'attente,[13] et la nuit lui apparut vide comme un théâtre sans acteur. «Une telle nuit qui se perd!» Il regardait avec rancune, par la fenêtre, ce ciel découvert, enrichi d'étoiles, ce balisage divin, cette lune, l'or d'une telle nuit dilapidé.[14]

Mais, dès que l'avion décolla, cette nuit pour Rivière fut encore émouvante et belle. Elle portait la vie dans ses flancs. Rivière en prenait soin:

—Quel temps rencontrez-vous? fit-il demander à l'équipage.

Dix secondes s'écoulèrent:

—Très beau.

Puis vinrent quelques noms de villes franchies, et c'était pour Rivière, dans cette lutte, des cités qui tombaient.

VII

Le radio[1] navigant du courrier de Patagonie, une heure plus tard, se sentit soulevé doucement, comme par une épaule. Il regarda autour de lui: des nuages lourds éteignaient les étoiles. Il se pencha vers le sol: il cherchait les

lumières des villages, pareilles à celles de vers luisants cachés
dans l'herbe, mais rien ne brillait dans cette herbe noire.

Il se sentit maussade, entrevoyant une nuit difficile:
marches, contremarches, territoires gagnés qu'il faut
rendre. Il ne comprenait pas la tactique du pilote; il
lui semblait que l'on se heurterait plus loin à l'épaisseur
de la nuit comme à un mur.

Maintenant, il apercevait, en face d'eux, un miroitement imperceptible au ras de l'horizon: une lueur de forge.
Le radio toucha l'épaule de Fabien, mais celui-ci ne
bougea pas.

Les premiers remous de l'orage lointain attaquaient
l'avion. Doucement soulevées, les masses métalliques
pesaient contre la chair même du radio, puis semblaient
s'évanouir, se fondre, et dans la nuit, pendant quelques
secondes, il flotta seul. Alors il se cramponna des deux
mains aux longerons d'acier.

Et comme il n'apercevait plus rien du monde que l'ampoule rouge de la carlingue, il frissonna de se sentir
descendre au cœur de la nuit, sans secours, sous la seule
protection d'une petite lampe de mineur. Il n'osa pas
déranger le pilote pour connaître ce qu'il déciderait, et,
les mains serrées sur l'acier, incliné en avant vers lui, il
regardait cette nuque sombre.

Une tête et des épaules immobiles émergeaient seules
de la faible clarté. Ce corps n'était qu'une masse sombre,
appuyée un peu vers la gauche, le visage face à l'orage,
lavé sans doute par chaque lueur.[2] Mais le radio ne voyait
rien de ce visage. Tout ce qui s'y pressait de sentiments[3]
pour affronter une tempête: cette moue, cette volonté,
cette colère, tout ce qui s'échangeait d'essentiel,[4] entre ce
visage pâle et, là-bas, ces courtes lueurs, restait pour lui
impénétrable.

Il devinait pourtant la puissance ramassée dans l'immobilité de cette ombre, et il l'aimait. Elle l'emportait sans doute vers l'orage, mais aussi elle le couvrait. Sans doute ces mains, fermées sur les commandes, pesaient déjà sur la tempête, comme sur la nuque d'une bête, mais les épaules pleines de force demeuraient immobiles, et l'on sentait là une profonde réserve.[5]

Le radio pensa qu'après tout le pilote était responsable. Et maintenant il savourait, entraîné en croupe dans ce galop vers l'incendie, ce que cette forme sombre, là, devant lui, exprimait de matériel et de pesant, ce qu'elle exprimait de durable.

A gauche, faible comme un phare à éclipse, un foyer nouveau[6] s'éclaira.

Le radio amorça un geste pour toucher l'épaule de Fabien, le prévenir, mais il le vit tourner lentement la tête, et tenir son visage, quelques secondes, face à ce nouvel ennemi, puis, lentement, reprendre sa position primitive. Ces épaules toujours immobiles, cette nuque appuyée au cuir.

VIII

Rivière était sorti pour marcher un peu et tromper le malaise[1] qui le reprenait, et lui, qui ne vivait que pour l'action, une action dramatique, sentait bizarrement le drame se déplacer, devenir personnel. Il pensa qu'autour de leur kiosque à musique les petits bourgeois des petites villes vivaient une vie d'apparence silencieuse, mais quelquefois lourde aussi de drames: la maladie, l'amour, les deuils, et que peut-être . . . Son propre mal lui enseignait beaucoup de choses: «Cela ouvre certaines fenêtres», pensait-il.[2]

Puis, vers onze heures du soir, respirant mieux, il s'achemina dans la direction du bureau. Il divisait lentement, des épaules, la foule qui stagnait devant la bouche des cinémas. Il leva les yeux vers les étoiles, qui luisaient sur la route étroite, presque effacées par les affiches lumineuses, et pensa: «Ce soir avec mes deux courriers en vol, je suis responsable d'un ciel entier. Cette étoile est un signe, qui me cherche dans cette foule, et qui me trouve: c'est pourquoi je me sens un peu étranger, un peu solitaire.»

Une phrase musicale lui revint: quelques notes d'une sonate qu'il écoutait hier avec des amis. Ses amis n'avaient pas compris: «Cet art-là nous ennuie et vous ennuie, seulement vous ne l'avouez pas.»

«Peut-être . . .» avait-il répondu.

Il s'était, comme ce soir, senti solitaire, mais bien vite avait découvert la richesse d'une telle solitude. Le message de cette musique venait à lui, à lui seul parmi les médiocres, avec la douceur d'un secret. Ainsi le signe de l'étoile. On lui parlait, par-dessus tant d'épaules, un langage qu'il entendait seul.

Sur le trottoir on le bousculait; il pensa encore: «Je ne me fâcherai pas. Je suis semblable au père d'un enfant malade, qui marche dans la foule à petits pas Il porte en lui le grand silence de sa maison.»

Il leva les yeux sur les hommes. Il cherchait à reconnaître ceux d'entre eux qui promenaient à petits pas leur invention ou leur amour, et il songeait à l'isolement des gardiens de phares.

Le silence des bureaux lui plut. Il les traversait lentement, l'un après l'autre, et son pas sonnait seul. Les machines à écrire dormaient sous les housses. Sur les dossiers en ordre les grandes armoires étaient fermées. Dix années d'expérience et de travail. L'idée lui vint qu'il visitait les caves d'une banque; là où pèsent les richesses. Il pensait que chacun de ces registres accumulait mieux que de l'or: une force vivante. Une force vivante mais endormie, comme l'or des banques.

Quelque part il rencontrerait l'unique secrétaire de veille.[3] Un homme travaillait quelque part pour que la vie soit continue, pour que la volonté soit continue, et ainsi, d'escale en escale, pour que jamais, de Toulouse à Buenos-Aires, ne se rompe la chaîne.

«Cet homme-là ne sait pas sa grandeur.»

Les courriers quelque part luttaient. Le vol de nuit durait comme une maladie: il fallait veiller. Il fallait assister ces hommes qui, des mains et des genoux, poitrine contre poitrine, affrontaient l'ombre, et qui ne connaissaient plus, ne connaissaient plus rien que des choses mouvantes, invisibles, dont il fallait, à la force des bras aveugles, se tirer comme d'une mer. Quels aveux terribles quelquefois: «J'ai éclairé mes mains pour les voir . . .» Velours des mains révélé seul dans ce bain rouge de photographe.[4] Ce qu'il reste du monde, et qu'il faut sauver.

Rivière poussa la porte du bureau de l'exploitation. Une seule lampe allumée créait dans un angle une plage[5] claire. Le cliquetis d'une seule machine à écrire donnait un sens à ce silence, sans le combler. La sonnerie du téléphone tremblait parfois; alors le secrétaire de garde se levait, et marchait vers cet appel répété, obstiné, triste. Le secrétaire de garde décrochait l'écouteur et l'angoisse invisible se calmait: c'était une conversation très douce dans un coin d'ombre. Puis, impassible, l'homme revenait à son bureau, le visage fermé par la solitude et le sommeil, sur un secret indéchiffrable. Quelle menace apporte un appel, qui vient de la nuit du dehors, lorsque deux cour-

riers sont en vol. Rivière pensait aux télégrammes qui
touchent les familles sous les lampes du soir, puis au mal-
heur qui, pendant des secondes presque éternelles, reste
un secret dans le visage du père. Onde d'abord sans force,
si loin du cri jeté, si calme. Et, chaque fois, il entendait
son faible écho dans cette sonnerie discrète. Et, chaque
fois, les mouvements de l'homme, que la solitude faisait
lent comme un nageur entre deux eaux, revenant de
l'ombre vers sa lampe, comme un plongeur remonte, lui
paraissaient lourds de secrets.

—Restez. J'y vais.

Rivière décrocha l'écouteur, reçut le bourdonnement
du monde.

—Ici, Rivière.

Un faible tumulte, puis une voix:

—Je vous passe le poste radio.[6]

Un nouveau tumulte, celui des fiches dans le standard,[7]
puis une autre voix:

—Ici, le poste radio. Nous vous communiquons les
télégrammes.

Rivière les notait et hochait la tête:

—Bien . . . Bien . . .

Rien d'important. Des messages réguliers de service.
Rio-de-Janeiro demandait un renseignement, Montevideo
parlait du temps, et Mendoza de matériel. C'étaient les
bruits familiers de la maison.

—Et les courriers?

—Le temps est orageux. Nous n'entendons pas les avions.

—Bien.

Rivière songea que la nuit ici était pure, les étoiles
luisantes, mais les radiotélégraphistes découvraient en elle
le souffle de lointains orages.

—A tout à l'heure.

Rivière se levait, le secrétaire l'aborda:

—Les notes de service, pour la signature, monsieur . . .

—Bien.

Rivière se découvrait une grande amitié pour cet homme, que chargeait aussi le poids de la nuit. «Un camarade de combat, pensait Rivière. Il ne saura sans doute jamais combien cette veille nous unit.»

IX

Comme, une liasse de papiers dans les mains, il rejoignait son bureau personnel, Rivière ressentit cette vive douleur au côté droit, qui depuis quelques semaines, le tourmentait.

«Ça ne va pas . . .»

Il s'appuya une seconde contre le mur:

«C'est ridicule.»

Puis il atteignit son fauteuil.

Il se sentait, une fois de plus, ligoté comme un vieux lion, et une grande tristesse l'envahit.

«Tant de travail pour aboutir à ça! J'ai cinquante ans; cinquante ans j'ai rempli ma vie, je me suis formé, j'ai lutté, j'ai changé le cours des événements et voilà maintenant ce qui m'occupe et me remplit, et passe le monde en importance . . . C'est ridicule.»

Il attendit, essuya un peu de sueur, et, quand il fut délivré, travailla.

Il compulsait lentement les notes.

«Nous avons constaté à Buenos-Aires, au cours du démontage du moteur 301 . . . nous infligerons une sanction grave au responsable.»

Il signa.

«L'escale de Florianopolis n'ayant pas observé les instructions . . .»

Il signa.

«Nous déplacerons par mesure disciplinaire le chef d'aéroplace Richard qui . . .»

Il signa.

Puis comme cette douleur au côté, engourdie, mais présente en lui et nouvelle comme un sens nouveau de la vie, l'obligeait à penser à soi, il fut presque amer.

«Suis-je juste ou injuste? Je l'ignore. Si je frappe, les pannes diminuent. Le responsable, ce n'est pas l'homme, c'est comme une puissance obscure que l'on ne touche jamais, si l'on ne touche pas tout le monde. Si j'étais très juste, un vol de nuit serait chaque fois une chance de mort.»

Il lui vint une certaine lassitude d'avoir tracé si durement cette route. Il pensa que la pitié est bonne. Il feuilletait toujours les notes, absorbé dans son rêve.

«. . . quant à Roblet, à partir d'aujourd'hui, il ne fait plus partie de notre personnel.»

Il revit ce vieux bonhomme et la conversation du soir:

—Un exemple, que voulez-vous, c'est un exemple.

—Mais monsieur . . . mais monsieur . . . Une fois, une seule, pensez donc! et j'ai travaillé toute ma vie!

—Il faut un exemple.

—Mais monsieur! . . . Regardez, monsieur!

Alors ce portefeuille usé et cette vieille feuille de journal où Roblet jeune pose debout près d'un avion.

Rivière voyait les vieilles mains trembler sur cette gloire naïve.

—Ça date de 1910, monsieur . . . C'est moi qui ai fait le montage, ici, du premier avion d'Argentine! L'aviation depuis 1910 . . . Monsieur, ça fait vingt ans! Alors, comment pouvez-vous dire . . . Et les jeunes, monsieur, comme ils vont rire à l'atelier! . . . Ah! Ils vont bien rire!

—Ça, ça m'est égal.

—Et mes enfants, monsieur, j'ai des enfants!

—Je vous ai dit: je vous offre une place de manœuvre.

—Ma dignité, monsieur, ma dignité! Voyons, monsieur, vingt ans d'aviation, un vieil ouvrier comme moi . . .

—De manœuvre.

—Je refuse, monsieur, je refuse!

Et les vieilles mains tremblaient, et Rivière détournait les yeux de cette peau fripée, épaisse et belle.

—De manœuvre.

—Non, monsieur, non . . . je veux vous dire encore . . .

—Vous pouvez vous retirer.

Rivière pensa: «Ce n'est pas lui que j'ai congédié ainsi, brutalement, c'est le mal dont il n'était pas responsable, peut-être, mais qui passait par lui.»

«Parce que les événements, on les commande, pensait Rivière, et ils obéissent, et on crée. Et les hommes sont de pauvres choses, et on les crée aussi. Ou bien on les écarte lorsque le mal passe par eux.»

«Je vais vous dire encore . . .» Que voulait-il dire ce pauvre vieux? Qu'on lui arrachait ses vieilles joies? Qu'il aimait le son des outils sur l'acier des avions, qu'on privait sa vie d'une grande poésie, et puis . . . qu'il faut vivre?

«Je suis très las», pensait Rivière. La fièvre montait en lui, caressante. Il tapotait la feuille et pensait: «J'aimais bien le visage de ce vieux compagnon . . .» Et Rivière revoyait ces mains. Il pensait à ce faible mouvement qu'elles ébaucheraient pour se joindre. Il suffirait de dire: «Ça va. Ça va. Restez.» Rivière rêvait au ruissellement de joie qui descendait dans ces vieilles mains. Et cette joie que diraient, qu'allaient dire, non ce visage, mais ces vieilles mains d'ouvrier, lui parut la chose la plus belle du monde. «Je vais déchirer cette note?» Et la famille du vieux, et cette rentrée le soir, et ce modeste orgueil:

«—Alors, on te garde?»

«—Voyons! Voyons! C'est moi qui ai fait le montage du premier avion d'Argentine!»

Et les jeunes qui ne riraient plus, ce prestige reconquis par l'ancien . . .

«Je déchire?»

Le téléphone sonnait, Rivière le décrocha.

Un temps long, puis cette résonance, cette profondeur qu'apportaient le vent, l'espace aux voix humaines. Enfin on parla:

—Ici, le terrain. Qui est là?

—Rivière.

—Monsieur le Directeur, le 650 est en piste.

—Bien.

—Enfin, tout est prêt, mais nous avons dû, en dernière heure, refaire le circuit électrique, les connexions étaient défectueuses.

—Bien. Qui a monté le circuit?

—Nous vérifierons. Si vous le permettez, nous prendrons des sanctions: une panne de lumière de bord, ça peut être grave!

—Bien sûr.

Rivière pensait: «Si l'on n'arrache pas le mal, quand on le rencontre, où qu'il soit, il y a des pannes de lumière: c'est un crime de le manquer quand par hasard il découvre ses instruments:[1] Roblet partira.»

Le secrétaire, qui n'a rien vu, tape toujours.

—C'est?

—La comptabilité de quinzaine.[2]

—Pourquoi pas prête?

—Je . . .

—On verra ça.

«C'est curieux comme les événements prennent le dessus, comme se révèle une grande force obscure, la même qui soulève les forêts vierges, qui croît, qui force, qui sourd[3] de partout autour des grandes œuvres.» Rivière pensait à ces temples que de petites lianes font crouler.

«Une grande œuvre . . .»

Il pensa encore pour se rassurer: «Tous ces hommes, je les aime, mais ce n'est pas eux que je combats. C'est ce qui passe par eux . . .»[4]

Son cœur battait des coups rapides, qui le faisaient souffrir.

«Je ne sais pas si ce que j'ai fait est bon. Je ne sais pas l'exacte valeur de la vie humaine, ni de la justice, ni du chagrin. Je ne sais pas exactement ce que vaut la joie d'un homme. Ni une main qui tremble. Ni la pitié, ni la douceur . . .»

Il rêva:

«La vie se contredit tant, on se débrouille comme on peut avec la vie . . . Mais durer, mais créer, échanger son corps périssable . . .»

Rivière réfléchit, puis sonna.

—Téléphonez au pilote du courrier d'Europe. Qu'il vienne me voir avant de partir.

Il pensait:

«Il ne faut pas que ce courrier fasse inutilement demi-tour. Si je ne secoue pas mes hommes, la nuit toujours les inquiétera.»

X

La femme du pilote, réveillée par le téléphone, regarda son mari et pensa:

—Je le laisse dormir encore un peu.

Elle admirait cette poitrine nue, bien carénée,[1] elle pensait à un beau navire.

Il reposait dans ce lit calme, comme dans un port, et, pour que rien n'agitât son sommeil, elle effaçait du doigt ce pli, cette ombre, cette houle,[2] elle apaisait ce lit, comme, d'un doigt divin, la mer.

Elle se leva, ouvrit la fenêtre, et reçut le vent dans le visage. Cette chambre dominait Buenos-Aires. Une maison voisine, où l'on dansait, répandait quelques mélodies, qu'apportait le vent, car c'était l'heure des plaisirs et du repos. Cette ville serrait les hommes dans ses cent mille forteresses; tout était calme et sûr; mais il semblait à cette femme que l'on allait crier «Aux armes!» et qu'un seul homme, le sien, se dresserait. Il reposait encore, mais son repos était le repos redoutable des réserves qui vont donner.[3] Cette ville endormie ne le protégeait pas: ses lumières lui sembleraient vaines, lorsqu'il se lèverait, jeune dieu, de leur poussière. Elle regardait ces bras solides qui, dans une heure, porteraient le sort du courrier d'Europe, responsables de quelque chose de grand, comme du sort d'une ville. Et elle fut troublée. Cet homme, au milieu de ces millions d'hommes, était préparé seul pour cet étrange sacrifice. Elle en eut du chagrin. Il échappait aussi à sa douceur. Elle l'avait nourri, veillé et caressé, non pour elle-même, mais pour cette nuit qui allait le prendre. Pour des luttes, pour des angoisses, pour des victoires, dont elle ne connaîtrait rien. Ces mains tendres n'étaient qu'apprivoisées, et leurs vrais travaux étaient obscurs. Elle connaissait les sourires de cet homme, ses précautions d'amant, mais non, dans l'orage, ses divines colères. Elle le chargeait de tendres liens: de musique, d'amour, de fleurs; mais, à l'heure de chaque départ, ces liens, sans qu'il en parût souffrir, tombaient.

Il ouvrit les yeux.

—Quelle heure est-il?

—Minuit.

—Quel temps fait-il?

—Je ne sais pas . . .

Il se leva. Il marchait lentement vers la fenêtre en s'étirant.

—Je n'aurai pas très froid. Quelle est la direction du vent?

—Comment veux-tu que je sache . . .

Il se pencha:

—Sud. C'est très bien. Ça tient au moins jusqu'au Brésil.

Il remarqua la lune et se connut riche. Puis ses yeux descendirent sur la ville.

Il ne la jugea ni douce, ni lumineuse, ni chaude. Il voyait déjà s'écouler le sable vain[4] de ses lumières.

—A quoi penses-tu?

Il pensait à la brume possible du côté de Porto Allegre.

—J'ai ma tactique. Je sais par où faire le tour.

Il s'inclinait toujours. Il respirait profondément, comme avant de se jeter, nu, dans la mer.

—Tu n'es même pas triste . . . Pour combien de jours t'en vas-tu?

Huit, dix jours. Il ne savait pas. Triste, non; pourquoi? Ces plaines, ces villes, ces montagnes . . . Il partait libre, lui semblait-il, à leur conquête. Il pensait aussi qu'avant une heure il posséderait et rejetterait Buenos-Aires.

Il sourit:

—Cette ville . . . j'en serai si vite loin. C'est beau de partir la nuit. On tire sur la manette des gaz, face au Sud, et dix secondes plus tard on renverse le paysage, face au Nord. La ville n'est plus qu'un fond de mer.

Elle pensait à tout ce qu'il faut rejeter pour conquérir.

—Tu n'aimes pas ta maison?

—J'aime ma maison . . .

Mais déjà sa femme le savait en marche. Ces larges épaules pesaient déjà contre le ciel.

Elle le lui montra.

—Tu as beau temps, ta route est pavée d'étoiles.

Il rit:

—Oui.

Elle posa la main sur cette épaule et s'émut de la sentir tiède: cette chair était donc menacée? . . .

—Tu es très fort, mais sois prudent!

—Prudent, bien sûr . . .

Il rit encore.

Il s'habillait. Pour cette fête, il choisissait les étoffes les plus rudes, les cuirs les plus lourds, il s'habillait comme un paysan. Plus il devenait lourd, plus elle l'admirait. Elle-même bouclait cette ceinture, tirait ces bottes.

—Ces bottes me gênent.

—Voilà les autres.

—Cherche-moi un cordon pour ma lampe de secours.

Elle le regardait. Elle réparait elle-même le dernier défaut dans l'armure: tout s'ajustait bien.

—Tu es très beau.

Elle l'aperçut qui se peignait soigneusement.

—C'est pour les étoiles?

—C'est pour ne pas me sentir vieux.

—Je suis jalouse . . .

Il rit encore, et l'embrassa, et la serra contre ses pesants vêtements. Puis il la souleva à bras tendus, comme on soulève une petite fille, et, riant toujours, la coucha:

—Dors!

Et fermant la porte derrière lui, il fit dans la rue, au milieu de l'inconnaissable peuple nocturne, le premier pas de sa conquête.

Elle restait là. Elle regardait, triste, ces fleurs, ces livres, cette douceur, qui n'étaient pour lui qu'un fond de mer.[5]

XI

Rivière le reçoit:

—Vous m'avez fait une blague, à votre dernier courrier. Vous m'avez fait demi-tour quand les météos étaient bonnes: vous pouviez passer. Vous avez eu peur?

Le pilote surpris se tait. Il frotte l'une contre l'autre, lentement, ses mains. Puis il redresse la tête, et regarde Rivière bien en face:

—Oui.

Rivière a pitié, au fond de lui-même, de ce garçon si courageux qui a eu peur. Le pilote tente de s'excuser.

—Je ne voyais plus rien. Bien sûr, plus loin . . . peut-être . . . la T. S. F. disait . . . Mais ma lampe de bord a faibli, et je ne voyais plus mes mains. J'ai voulu allumer ma lampe de position pour au moins voir l'aile: je n'ai rien vu. Je me sentais au fond d'un grand trou dont il était difficile de remonter. Alors mon moteur s'est mis à vibrer.[1]

—Non.

—Non?

—Non. Nous l'avons examiné depuis. Il est parfait. Mais on croit toujours qu'un moteur vibre quand on a peur.

—Qui n'aurait pas eu peur! Les montagnes me dominaient. Quand j'ai voulu prendre de l'altitude, j'ai rencontré de forts remous. Vous savez quand on ne voit rien . . . les remous . . . Au lieu de monter j'ai perdu cent mètres. Je ne voyais même plus le gyroscope, même plus les manomètres. Il me semblait que mon moteur baissait de régime, qu'il chauffait, que la pression d'huile tombait . . . Tout ça dans l'ombre, comme une maladie. J'ai été bien content de revoir une ville éclairée.

—Vous avez trop d'imagination. Allez.
Et le pilote sort.

Rivière s'enfonce dans son fauteuil et passe la main dans
ses cheveux gris.

«C'est le plus courageux de mes hommes. Ce qu'il a
réussi ce soir-là est très beau, mais je le sauve de la peur
. . .»

Puis, comme une tentation de faiblesse lui revenait:

«Pour se faire aimer, il suffit de plaindre. Je ne plains
guère ou je le cache. J'aimerais bien pourtant m'entourer
de l'amitié et de la douceur humaines. Un médecin, dans
son métier, les rencontre. Mais ce sont les événements que
je sers. Il faut que je forge les hommes pour qu'ils les servent. Comme je la sens bien cette loi obscure, le soir, dans
mon bureau, devant les feuilles de route. Si je me laisse
aller, si je laisse les événements bien réglés suivre leur
cours, alors, mystérieux, naissent les incidents. Comme si
ma volonté seule empêchait l'avion de se rompre en vol,
ou la tempête de retarder le courrier en marche. Je suis
surpris, parfois, de mon pouvoir.»

Il réfléchit encore:

«C'est peut-être clair. Ainsi la lutte perpétuelle du
jardinier sur sa pelouse. Le poids de sa simple main repousse dans la terre, qui la prépare éternellement, la forêt
primitive.»

Il pense au pilote:

«Je le sauve de la peur. Ce n'est pas lui que j'attaquais,
c'est, à travers lui, cette résistance qui paralyse les hommes
devant l'inconnu. Si je l'écoute, si je le plains, si je prends
au sérieux son aventure, il croira revenir d'un pays de
mystère, et c'est du mystère seul que l'on a peur. Il faut
que des hommes soient descendus dans ce puits sombre, et
en remontent, et disent qu'ils n'ont rien rencontré. Il faut

que cet homme descende au cœur le plus intime de la nuit, dans son épaisseur, et sans même cette petite lampe de mineur, qui n'éclaire que les mains ou l'aile, mais écarte d'une largeur d'épaules l'inconnu.»

Pourtant, dans cette lutte, une silencieuse fraternité liait, au fond d'eux-mêmes, Rivière et ses pilotes. C'étaient des hommes du même bord,[2] qui éprouvaient le même désir de vaincre. Mais Rivière se souvient des autres batailles qu'il a livrées pour la conquête de la nuit.

On redoutait, dans les cercles officiels, comme une brousse inexplorée, ce territoire sombre. Lancer un équipage, à deux cents kilomètres à l'heure, vers les orages et les brumes et les obstacles matériels que la nuit contient sans les montrer, leur paraissait une aventure tolérable pour l'aviation militaire: on quitte un terrain par nuit claire, on bombarde, on revient au même terrain. Mais les services réguliers[3] échouerait la nuit. «C'est pour nous, avait répliqué Rivière, une question de vie ou de mort, puisque nous perdons, chaque nuit, l'avance gagnée, pendant le jour, sur les chemins de fer et les navires.»

Rivière avait écouté, avec ennui, parler de bilans, d'assurances, et surtout d'opinion publique: «L'opinion publique . . . ripostait-il, on la gouverne!» Il pensait: «Que de temps perdu! Il y a quelque chose . . . quelque chose qui prime tout cela.[4] Ce qui est vivant bouscule tout pour vivre et crée, pour vivre, ses propres lois. C'est irrésistible.» Rivière ne savait pas quand ni comment l'aviation commerciale aborderait les vols de nuit, mais il fallait préparer cette solution inévitable.

Il se souvient des tapis verts, devant lesquels, le menton au poing, il avait écouté, avec un étrange sentiment de force, tant d'objections. Elles lui semblaient vaines, condamnées d'avance par la vie. Et il sentait sa propre force ramassée en lui comme un poids: «Mes raisons pèsent, je vaincrai, pensait Rivière. C'est la pente naturelle des événements.» Quand on lui réclamait des solutions parfaites, qui écarteraient tous les risques: «C'est l'expérience[5] qui dégagera les lois, répondait-il, la connaissance des lois ne précède jamais l'expérience.»

Après une longue année de lutte,[6] Rivière l'avait emporté. Les uns disaient: «à cause de sa foi», les autres: «à cause de sa ténacité, de sa puissance d'ours en marche», mais, selon lui, plus simplement, parce qu'il pesait dans la bonne direction.

Mais quelles précautions au début! Les avions ne partaient qu'une heure avant le jour, n'atterrissaient qu'une heure après le coucher du soleil. Quand Rivière se jugea plus sûr de son expérience, alors seulement il osa pousser les courriers dans les profondeurs de la nuit. A peine suivi, presque désavoué, il menait maintenant une lutte solitaire.

Rivière sonne pour connaître les derniers messages des avions en vol.

XII

Cependant, le courrier de Patagonie abordait l'orage, et Fabien renonçait à le contourner. Il l'estimait trop étendu, car la ligne d'éclairs s'enfonçait vers l'intérieur du pays et révélait des forteresses de nuages. Il tenterait de passer par-dessous, et, si l'affaire se présentait mal, se résoudrait au demi-tour.

Il lut son altitude: mille sept cents mètres. Il pesa des paumes sur les commandes pour commencer à la réduire. Le moteur vibra très fort et l'avion trembla. Fabien, corrigea, au jugé,[1] l'angle de descente, puis, sur la carte, vérifia la hauteur des collines: cinq cents mètres. Pour se conserver une marge, il naviguerait vers sept cents.

Il sacrifiait son altitude comme on joue une fortune.

Un remous fit plonger l'avion, qui trembla plus fort. Fabien se sentit menacé par d'invisibles éboulements. Il rêva qu'il faisait demi-tour et retrouvait cent mille étoiles, mais il ne vira pas d'un degré.

Fabien calculait ses chances: il s'agissait d'un orage local, probablement, puisque Trelew, la prochaine escale, signalait un ciel trois quarts couvert. Il s'agissait de vivre vingt minutes à peine dans ce béton noir. Et pourtant le pilote s'inquiétait. Penché à gauche contre la masse du vent, il essayait d'interpréter les lueurs confuses qui, par les nuits les plus épaisses, circulent encore. Mais ce n'était même plus des lueurs. A peine des changements de densité, dans l'épaisseur des ombres, ou une fatigue des yeux.

Il déplia un papier du radio:

«Où sommes-nous?»

Fabien eût donné cher pour le savoir. Il répondit: «Je ne sais pas. Nous traversons, à la boussole, un orage.»

Il se pencha encore. Il était gêné par la flamme de l'échappement, accrochée au moteur comme un bouquet de feu, si pâle que le clair de lune l'eût éteinte, mais qui, dans ce néant, absorbait le monde visible. Il la regarda. Elle était tressée drue par le vent, comme la flamme d'une torche.

Chaque trente secondes, pour vérifier le gyroscope et le compas, Fabien plongeait sa tête dans la carlingue. Il n'osait plus allumer les faibles lampes rouges, qui l'éblouissaient pour longtemps, mais tous les instruments aux chiffres de radium versaient une clarté pâle d'astres. Là, au milieu d'aiguilles et de chiffres, le pilote éprouvait une sécurité trompeuse: celle de la cabine du navire sur laquelle passe le flot. La nuit, et tout ce qu'elle portait de rocs, d'épaves, de collines, coulait aussi contre l'avion avec la même étonnante fatalité.

«Où sommes-nous, lui répétait l'opérateur?»

Fabien émergeait de nouveau, et reprenait, appuyé à gauche, sa veille terrible. Il ne savait plus combien de temps, combien d'efforts le délivreraient de ses liens sombres. Il doutait presque d'en être jamais délivré, car il jouait sa vie sur ce petit papier, sale et chiffonné, qu'il avait déplié et lu mille fois, pour bien nourrir son espérance: «Trelew: ciel trois quarts couvert, vent Ouest faible.» Si Trelew était trois quarts couvert, on apercevrait ses lumières dans la déchirure des nuages. A moins que . . .

La pâle clarté promise plus loin l'engageait à poursuivre; pourtant, comme il doutait, il griffonna pour le radio: «J'ignore si je pourrai passer. Sachez-moi[2] s'il fait toujours beau en arrière.»

La réponse le consterna:

«Commodoro signale: Retour ici impossible. Tempête.»

Il commençait à deviner l'offensive insolite qui, de la Cordillère des Andes, se rabattait vers la mer. Avant qu'il eût pu les atteindre, le cyclone raflerait les villes.

«—Demandez le temps de San Antonio.»

«—San Antonio a répondu: vent Ouest se lève et tempête à l'Ouest. Ciel quatre quarts couvert. San Antonio entend très mal à cause des parasites.[3] J'entends mal aussi. Je crois être obligé de remonter bientôt l'antenne à cause des décharges.[4] Ferez-vous demi-tour? Quels sont vos projets?

«—Foutez-moi la paix.[5] Demandez le temps de Bahia Blanca.»

«Bahia Blanca a répondu: prévoyons avant vingt minutes violent orage Ouest sur Bahia Blanca.»

«—Demandez le temps de Trelew.»

«Trelew a répondu: ouragan trente mètres seconde Ouest et rafales de pluie.»

«—Communiquez à Buenos-Aires: Sommes bouchés de tous les côtés, tempête se développe sur mille kilomètres, ne voyons plus rien. Que devons-nous faire?»

Pour le pilote, cette nuit était sans rivage puisqu'elle ne conduisait ni vers un port (ils semblaient tous inaccessibles), ni vers l'aube: l'essence manquerait dans une heure quarante. Puisque l'on serait obligé, tôt ou tard, de couler en aveugle,[6] dans cette épaisseur.

S'il avait pu gagner le jour . . .

Fabien pensait à l'aube comme à une plage de sable doré où l'on serait échoué après cette nuit dure. Sous l'avion menacé serait né le rivage des plaines. La terre tranquille aurait porté ses fermes endormies et ses troupeaux et ses collines. Toutes les épaves qui roulaient dans l'ombre seraient devenues inoffensives. S'il pouvait, comme il nagerait vers le jour!

Il pensa qu'il était cerné. Tout se résoudrait, bien ou mal, dans cette épaisseur.

C'est vrai. Il a cru quelquefois, quand montait le jour, entrer en convalescence.

Mais à quoi bon fixer les yeux sur l'Est, où vivait le soleil: il y avait entre eux une telle profondeur de nuit qu'on ne la remonterait pas.

XIII

—Le courrier d'Asuncion marche bien. Nous l'aurons vers deux heures. Nous prévoyons par contre un retard

important du courrier de Patagonie qui paraît en diffi-
culté.

—Bien, monsieur Rivière.

—Il est possible que nous ne l'attendions pas pour faire
décoller l'avion d'Europe: dès l'arrivée d'Asuncion, vous
nous demanderez des instructions. Tenez-vous prêt.

Rivière relisait maintenant les télégrammes de protection[1] des escales Nord. Ils ouvraient au courrier d'Europe
une route de lune: «Ciel pur, pleine lune, vent nul.» Les
montagnes du Brésil, bien découpées sur le rayonnement
du ciel, plongeaient droit, dans les remous d'argent de la
mer, leur chevelure serrée de forêts noires.[2] Ces forêts sur
lesquelles pleuvent, inlassablement, sans les colorer, les
rayons de lune. Et noires aussi comme des épaves, en mer,
les îles. Et cette lune, sur toute la route, inépuisable: une
fontaine de lumière.

Si Rivière ordonnait le départ, l'équipage du courrier
d'Europe entrerait dans un monde stable qui, pour toute
la nuit, luisait doucement. Un monde où rien ne menaçait l'équilibre des masses d'ombres et de lumière. Où ne
s'infiltrait même pas la caresse de ces vents purs, qui, s'ils
fraîchissent, peuvent gâter en quelques heures un ciel
entier.

Mais Rivière hésitait, en face de ce rayonnement,
comme un prospecteur en face de champs d'or interdits.
Les événements, dans le Sud, donnaient tort à Rivière,
seul défenseur des vols de nuit. Ses adversaires tireraient
d'un désastre en Patagonie une position morale si forte,
que peut-être la foi de Rivière resterait désormais impuis-
sante; car la foi de Rivière n'était pas ébranlée: une fissure
dans son œuvre avait permis le drame, mais le drame[3]
montrait la fissure, il ne prouvait rien d'autre. «Peut-être
des postes d'observation sont-ils nécessaires à l'Ouest . . .
On verra ça.» Il pensait encore: «J'ai les mêmes raisons

solides d'insister, et une cause de moins d'accident possible: celle qui s'est montrée.» Les échecs fortifient les
forts. Malheureusement, contre les hommes on joue un
jeu, où compte si peu le vrai sens des choses. L'on gagne
ou l'on perd sur des apparences, on marque des points
misérables. Et l'on se trouve ligoté par une apparence de
défaite.[4]

Rivière sonna.

—Bahia Blanca ne nous communique toujours rien par
T. S. F.?

—Non.

—Appelez-moi l'escale au téléphone.

Cinq minutes plus tard, il s'informait:

—Pourquoi ne nous passez-vous rien?

—Nous n'entendons pas le courrier.

—Il se tait?

—Nous ne savons pas. Trop d'orages. Même s'il
manipulait[5] nous n'entendrions pas.

—Trelew entend-il?

—Nous n'entendons pas Trelew.

—Téléphonez.

—Nous avons essayé: la ligne est coupée.

—Quel temps chez vous?

—Menaçant. Des éclairs à l'Ouest et au Sud. Très
ourd.

—Du vent?

—Faible encore, mais pour dix minutes. Les éclairs se
rapprochent vite.

Un silence.

—Bahia Blanca? Vous écoutez? Bon. Rappelez-nous
dans dix minutes.

Et Rivière feuilleta les télégrammes des escales Sud.
Toutes signalaient le même silence de l'avion. Quelques-

unes ne répondaient plus à Buenos-Aires, et, sur la carte, s'agrandissait la tache des provinces muettes,[6] où les petites villes subissaient déjà le cyclone, toutes portes closes, et chaque maison de leurs rues sans lumière aussi retranchée du monde et perdue dans la nuit qu'un navire. L'aube seule les délivrerait.

Pourtant Rivière, incliné sur la carte, conservait encore l'espoir de découvrir un refuge de ciel pur, car il avait demandé, par télégrammes, l'état du ciel à la police de plus de trente villes de province, et les réponses commençaient à lui parvenir. Sur deux mille kilomètres, les postes radio avaient ordre, si l'un d'eux accrochait un appel de l'avion,[7] d'avertir dans les trente secondes Buenos-Aires, qui lui communiquerait, pour la faire transmettre à Fabien, la position du refuge.

Les secrétaires, convoqués pour une heure du matin, avaient regagné leurs bureaux. Ils apprenaient là, mystérieusement, que, peut-être, on suspendrait les vols de nuit, et que le courrier d'Europe lui-même ne décollerait plus qu'au jour. Ils parlaient à voix basse de Fabien, du cyclone, de Rivière surtout. Ils le devinaient là, tout proche, écrasé peu à peu par ce démenti naturel.[8]

Mais toutes les voix s'éteignirent: Rivière, à sa porte, venait d'apparaître, serré dans son manteau, le chapeau toujours sur les yeux, éternel voyageur. Il fit un pas tranquille vers le chef de bureau:

—Il est une heure dix, les papiers du courrier d'Europe sont-ils en règle?

—Je . . . j'ai cru . . .

—Vous n'avez pas à croire, mais à exécuter.

Il fit demi-tour, lentement, vers une fenêtre ouverte, les mains croisées derrière le dos.

Un secrétaire le rejoignit:

—Monsieur le Directeur, nous obtiendrons peu de

réponses. On nous signale que dans l'intérieur, beaucoup
de lignes télégraphiques sont déjà détruites . . .

—Bien.

Rivière, immobile, regardait la nuit.

Ainsi, chaque message menaçait le courrier. Chaque
ville, quand elle pouvait répondre, avant la destruction
des lignes, signalait la marche du cyclone, comme celle
d'une invasion. «Ça vient de l'intérieur, de la Cordillère.
Ça balaie toute la route, vers la mer . . .»

Rivière jugeait les étoiles trop luisantes, l'air trop
humide. Quelle nuit étrange! Elle se gâtait brusquement
par plaques,[9] comme la chair d'un fruit lumineux. Les
étoiles au grand complet[10] dominaient encore Buenos-
Aires, mais ce n'était là qu'une oasis, et d'un instant. Un
port, d'ailleurs, hors du rayon d'action de l'équipage.[11]
Nuit menaçante qu'un vent mauvais touchait et pour-
rissait. Nuit difficile à vaincre.

Un avion, quelque part, était en péril dans ses profondeurs: on s'agitait, impuissant, sur le bord.[12]

XIV

La femme de Fabien téléphona.

La nuit de chaque retour elle calculait la marche du
courrier de Patagonie: «Il décolle de Trelew . . .» Puis
se rendormait. Un peu plus tard: «Il doit approcher de
San Antonio, il doit voir ses lumières . . .» Alors elle se
levait, écartait les rideaux, et jugeait le ciel: «Tous ces
nuages le gênent . . .» Parfois la lune se promenait
comme un berger. Alors la jeune femme se recouchait,
rassurée par cette lune et ces étoiles, ces milliers de pré-

sences autour de son mari. Vers une heure, elle le sentait
proche: «Il ne doit plus être bien loin, il doit voir Buenos-
Aires . . .» Alors, elle se levait encore, et lui préparait un
repas, un café bien chaud: «Il fait si froid, là-haut . . .»
Elle le recevait toujours, comme s'il descendait d'un sommet de neige: «Tu n'as pas froid?—Mais non!—Réchauffe-
toi quand même . . .» Vers une heure et quart tout était
prêt. Alors elle téléphonait.

Cette nuit, comme les autres, elle s'informa:

—Fabien a-t-il atterri?

Le secrétaire qui l'écoutait se troubla un peu:

—Qui parle?

—Simone Fabien.

—Ah! une minute . . .

Le secrétaire, n'osant rien dire, passa l'écouteur au chef
de bureau.

—Qui est là?

—Simone Fabien.

—Ah! . . . que désirez-vous, madame?

—Mon mari a-t-il atterri?

Il y eut un silence qui dut paraître inexplicable, puis on
répondit simplement:

—Non.

—Il a du retard?

—Oui . . .

Il y eut un nouveau silence.

—Oui . . . du retard.

—Ah! . . .

C'était un «Ah!» de chair blessée. Un retard ce n'est
rien . . . ce n'est rien . . . mais quand il se prolonge
. . .

—Ah! . . . Et à quelle heure sera-t-il ici?

—A quelle heure il sera ici? Nous . . . Nous ne savons
pas.

Elle se heurtait maintenant à un mur. Elle n'obtenait que l'écho même de ses questions.

—Je vous en prie, répondez-moi! Où se trouve-t-il? . . .

—Où il se trouve? Attendez . . .

Cette inertie lui faisait mal. Il se passait quelque chose, là, derrière ce mur.

On se décida:

—Il a décollé de Commodoro à dix-neuf heures trente.

—Et depuis?

—Depuis? . . . Très retardé . . . Très retardé par le mauvais temps . . .

—Ah! Le mauvais temps . . .

Quelle injustice, quelle fourberie dans cette lune étalée là, oisive, sur Buenos-Aires! La jeune femme se rappela soudain qu'il fallait deux heures à peine pour se rendre de Commodoro à Trelew.

—Et il vole depuis six heures vers Trelew! Mais il vous envoie des messages! Mais que dit-il? . . .

—Ce qu'il nous dit? Naturellement par un temps pareil . . . vous comprenez bien . . . ses messages ne s'entendent pas.

—Un temps pareil!

—Alors, c'est convenu, Madame, nous vous téléphonons dès que nous savons quelque chose.

—Ah! vous ne savez rien . . .

—Au revoir, Madame . . .

—Non! non! Je veux parler au Directeur!

—M. le Directeur est très occupé, Madame, il est en conférence . . .

—Ah! ça m'est égal! Ça m'est bien égal! Je veux lui parler!

Le chef de bureau s'épongea:

—Une minute . . .

Il poussa la porte de Rivière:

—C'est Mme Fabien qui veut vous parler.

«Voilà, pensa Rivière, voilà ce que je craignais.» Les éléments affectifs[1] du drame commençaient à se montrer. Il pensa d'abord les récuser: les mères et les femmes n'entrent pas dans les salles d'opération. On fait taire l'émotion aussi sur les navires en danger. Elle n'aide pas à sauver les hommes. Il accepta pourtant:

—Branchez sur mon bureau.

Il écouta cette petite voix lointaine, tremblante, et tout de suite il sut qu'il ne pourrait pas lui répondre. Ce serait stérile, infiniment, pour tous les deux, de s'affronter.

—Madame, je vous en prie, calmez-vous! Il est si fréquent, dans notre métier, d'attendre longtemps des nouvelles.

Il était parvenu à cette frontière où se pose, non le problème d'une petite détresse particulière, mais celuì-là même de l'action. En face de Rivière se dressait, non la femme de Fabien, mais un autre sens de la vie. Rivière ne pouvait qu'écouter, que plaindre cette petite voix, ce chant tellement triste, mais ennemi. Car ni l'action,[2] ni le bonheur individuel n'admettent le partage: ils sont en conflit. Cette femme parlait elle aussi au nom d'un monde absolu et de ses devoirs et de ses droits. Celui d'une clarté de lampe sur la table du soir, d'une chair qui réclamait sa chair, d'une patrie d'espoirs, de tendresses, de souvenirs. Elle exigeait son bien et elle avait raison. Et lui aussi, Rivière, avait raison, mais il ne pouvait rien opposer à la vérité de cette femme. Il découvrait sa propre vérité, à la lumière d'une humble lampe domestique, inexprimable et inhumaine.

—Madame . . .

Elle n'écoutait plus. Elle était retombée, presque à ses

pieds, lui semblait-il, ayant usé ses faibles poings contre le mur.

Un ingénieur avait dit un jour à Rivière, comme ils se penchaient sur un blessé, auprès d'un pont en construction: «Ce pont vaut-il le prix d'un visage écrasé?» Pas un des paysans, à qui cette route était ouverte, n'eût accepté, pour s'épargner un détour par le pont suivant, de mutiler ce visage effroyable. Et pourtant l'on bâtit des ponts. L'ingénieur avait ajouté: «L'intérêt général est formé des intérêts particuliers: il ne justifie rien de plus.»—«Et, pourtant, lui avait répondu plus tard Rivière, si la vie humaine n'a pas de prix, nous agissons toujours comme si quelque chose dépassait, en valeur, la vie humaine . . . Mais quoi?»

Et Rivière, songeant à l'équipage, eut le cœur serré. L'action, même celle de construire un pont, brise des bonheurs; Rivière ne pouvait plus ne pas se demander «au nom de quoi»?

«Ces hommes, pensait-il, qui vont peut-être disparaître, auraient pu vivre heureux.» Il voyait des visages penchés dans le sanctuaire d'or des lampes du soir. «Au nom de quoi les en ai-je tirés?» Au nom de quoi les a-t-il arrachés au bonheur individuel? La première loi n'est-elle pas de protéger ces bonheurs-là? Mais lui-même les brise. Et pourtant un jour, fatalement, s'évanouissent, comme des mirages, les sanctuaires d'or. La vieillesse et la mort les détruisent, plus impitoyables que lui-même. Il existe peut-être quelque chose d'autre à sauver et de plus durable; peut-être est-ce à sauver cette part-là de l'homme que Rivière travaille? Sinon l'action ne se justifie pas.[3]

«Aimer, aimer seulement, quelle impasse!» Rivière eut l'obscur sentiment d'un devoir plus grand que celui d'aimer. Ou bien il s'agissait aussi d'une tendresse, mais si différente des autres. Une phrase lui revint: «Il s'agit de les rendre éternels . . .» Où avait-il lu cela? «Ce que vous poursuivez en vous-même meurt.» Il revit un temple au dieu du soleil des anciens Incas du Pérou.[4] Ces pierres droites sur la montagne. Que resterait-il, sans elles, d'une civilisation puissante, qui pesait, du poids de ses pierres, sur l'homme d'aujourd'hui, comme un remords? «Au nom de quelle dureté, ou de quel étrange amour, le conducteur de peuples d'autrefois, contraignant ses foules à tirer ce temple sur la montagne, leur imposa-t-il donc de dresser leur éternité?» Rivière revit encore en songe les foules des petites villes, qui tournent le soir autour de leur kiosque à musique: «Cette sorte de bonheur, ce harnais[5] . . .» pensa-t-il. Le conducteur de peuples d'autrefois, s'il n'eut peut-être pas pitié de la souffrance de l'homme, eut pitié, immensément, de sa mort. Non de sa mort individuelle, mais pitié de l'espèce qu'effacera la mer de sable. Et il menait son peuple dresser au moins des pierres, que n'ensevelirait pas le désert.

XV

Ce papier plié en quatre le sauverait peut-être: Fabien le dépliait, les dents serrées.

«Impossible de s'entendre avec Buenos-A res. Je ne puis même plus manipuler, je reçois des étincelles dans les doigts.»

Fabien, irrité, voulut répondre, mais quand ses mains lâchèrent les commandes pour écrire, une sorte de houle puissante pénétra son corps: les remous le soulevaient, dans ses cinq tonnes de métal, et le basculaient. Il y renonça.

Ses mains, de nouveau, se fermèrent sur la houle, et la réduisirent.

Fabien respira fortement. Si le radio remontait l'antenne par peur de l'orage, Fabien lui casserait la figure à l'arrivée. Il fallait, à tout prix, entrer en contact avec Buenos-Aires, comme si, à plus de quinze cents kilomètres, on pouvait leur lancer une corde[1] dans cet abîme. A défaut d'une tremblante lumière, d'une lampe d'auberge presque inutile, mais qui eût prouvé la terre comme un phare, il lui fallait au moins une voix, une seule, venue d'un monde qui déjà n'existait plus. Le pilote éleva et balança le poing dans sa lumière rouge, pour faire comprendre à l'autre, en arrière, cette tragique vérité, mais l'autre, penché sur l'espace dévasté, aux villes ensevelies, aux lumières mortes, ne la connut pas.

Fabien aurait suivi tous les conseils, pourvu qu'ils lui fussent criés. Il pensait: «Et si l'on me dit de tourner en rond, je tourne en rond, et si l'on me dit de marcher plein Sud . . .» Elles existaient quelque part ces terres en paix, douces sous leurs grandes ombres de lune. Ces camarades, là-bas, les connaissaient, instruits comme des savants, penchés sur des cartes, tout-puissants, à l'abri de lampes belles comme des fleurs. Que savait-il, lui, hors des remous et de la nuit qui poussait contre lui, à la vitesse d'un éboulement, son torrent noir. On ne pouvait abandonner deux hommes parmi ces trombes et ces flammes dans les nuages. On ne pouvait pas. On ordonnerait à Fabien «Cap au deux cent quarante . . .» Il mettrait le cap au deux cent quarante. Mais il était seul.

Il lui parut que la matière aussi se révoltait. Le moteur, à chaque plongée, vibrait si fort que toute la masse de l'avion était prise d'un tremblement comme de colère. Fabien usait ses forces à dominer l'avion, la tête enfoncée dans la carlingue, face à l'horizon gyroscopique[2] car, au dehors, il ne distinguait plus la masse du ciel de celle de la terre, perdu dans une ombre où tout se mêlait, une ombre d'origine des mondes. Mais les aiguilles des indicateurs de position oscillaient de plus en plus vite, devenaient difficiles à suivre. Déjà le pilote, qu'elles trompaient, se débattait mal,[3] perdait son altitude, s'enlisait peu à peu dans cette ombre. Il lut sa hauteur «cinq cents mètres». C'était le niveau des collines. Il les sentit rouler vers lui leurs vagues vertigineuses.[4] Il comprenait aussi que toutes les masses du sol, dont la moindre l'eût écrasé, étaient comme arrachées de leur support, déboulonnées, et commençaient à tourner, ivres, autour de lui. Et commençaient, autour de lui, une sorte de danse profonde et qui le serrait de plus en plus.[5]

Il en prit son parti. Au risque d'emboutir, il atterrirait n'importe où. Et, pour éviter au moins les collines, il lâcha son unique fusée éclairante. La fusée s'enflamma, tournoya, illumina une plaine et s'y éteignit: c'était la mer.

Il pensa très vite: «Perdu. Quarante degrés de correction, j'ai dérivé quand même. C'est un cyclone. Où est la terre?» Il virait plein Ouest. Il pensa: «Sans fusée maintenant, je me tue.» Cela devait arriver un jour. Et son camarade, là, derrière . . . «Il a remonté l'antenne, sûrement.» Mais le pilote ne lui en voulait plus. Si lui-même ouvrait simplement les mains, leur vie s'en écoulerait aussitôt, comme une poussière vaine. Il tenait dans ses mains le cœur battant de son camarade et le sien. Et soudain ses mains l'effrayèrent.

Dans ces remous en coups de bélier, pour amortir les secousses du volant, sinon elles eussent scié les câbles de commandes, il s'était cramponné à lui, de toutes ses forces. Il s'y cramponnait toujours. Et voici qu'il ne sentait plus ses mains endormies[6] par l'effort. Il voulut remuer les doigts pour en recevoir un message: il ne sut pas s'il était obéi. Quelque chose d'étranger terminait ses bras. Des baudruches[7] insensibles et molles. Il pensa: «Il faut m'imaginer fortement que je serre . . .» Il ne sut pas si la pensée atteignait ses mains. Et comme il percevait les secousses du volant aux seules douleurs des épaules: «Il m'échappera. Mes mains s'ouvriront . . .» Mais s'effraya de s'être permis de tels mots, car il crut sentir ses mains, cette fois, obéir à l'obscure puissance de l'image,[8] s'ouvrir lentement, dans l'ombre, pour le livrer.[9]

Il aurait pu lutter encore, tenter sa chance: il n'y a pas de fatalité extérieure. Mais il y a une fatalité intérieure:[10] vient une minute où l'on se découvre vulnérable; alors les fautes vous attirent comme un vertige.

Et c'est à cette minute que luirent sur sa tête, dans une déchirure de la tempête, comme un appât mortel au fond d'une nasse,[11] quelques étoiles.

Il jugea bien que c'était un piège: on voit trois étoiles dans un trou, on monte vers elles, ensuite on ne peut plus descendre, on reste là à mordre les étoiles . . .

Mais sa faim de lumière était telle qu'il monta.

XVI

Il monta, en corrigeant mieux les remous, grâce aux repères qu'offraient les étoiles. Leur aimant pâle l'attirait. Il avait peiné si longtemps, à la poursuite d'une lumière, qu'il n'aurait plus lâché la plus confuse.[1] Riche d'une lueur d'auberge, il aurait tourné jusqu'à la mort, autour de ce signe dont il avait faim. Et voici qu'il montait vers des champs de lumière.

Il s'élevait peu à peu, en spirale, dans le puits qui s'était ouvert, et se refermait au-dessous de lui. Et les nuages perdaient, à mesure qu'il montait, leur boue d'ombre,[2] ils passaient contre lui, comme des vagues de plus en plus pures et blanches. Fabien émergea.

Sa surprise fut extrême: la clarté était telle qu'elle l'éblouissait. Il dut, quelques secondes, fermer les yeux. Il n'aurait jamais cru que les nuages, la nuit, pussent éblouir. Mais la pleine lune et toutes les constellations les changeaient en vagues rayonnantes.

L'avion avait gagné d'un seul coup, à la seconde même où il émergeait, un calme qui semblait extraordinaire. Pas une houle[3] ne l'inclinait. Comme une barque qui passe la digue, il entrait dans les eaux réservées. Il était pris dans une part de ciel inconnue et cachée comme la baie des îles bienheureuses. La tempête, au-dessous de lui, formait un autre monde de trois mille mètres d'épaisseur, parcouru de rafales, de trombes d'eau, d'éclairs, mais elle tournait vers les astres une face de cristal et de neige.

Fabien pensait avoir gagné des limbes[4] étranges, car tout devenait lumineux, ses mains, ses vêtements, ses ailes. Car la lumière ne descendait pas des astres, mais elle se dégageait, au-dessous de lui, autour de lui, de ces provisions blanches.[5]

Ces nuages, au-dessous de lui, renvoyaient toute la neige qu'ils recevaient de la lune. Ceux de droite et de gauche aussi, hauts comme des tours. Il circulait un lait de lumière dans lequel baignait l'équipage. Fabien, se retournant, vit que le radio souriait.

—Ça va mieux! criait-il.

Mais la voix se perdait dans le bruit du vol, seuls communiquaient les sourires. «Je suis tout à fait fou, pensait Fabien, de sourire: nous sommes perdus.»

Pourtant, mille bras obscurs l'avaient lâché. On avait dénoué ses liens, comme ceux d'un prisonnier qu'on laisse marcher seul, un temps, parmi les fleurs.

«Trop beau», pensait Fabien. Il errait parmi des étoiles accumulées avec la densité d'un trésor, dans un monde où rien d'autre, absolument rien d'autre que lui, Fabien, et son camarade, n'était vivant. Pareils à ces voleurs des villes fabuleuses, murés dans la chambre aux trésors dont ils ne sauront plus sortir. Parmi des pierreries glacées, ils errent, infiniment riches, mais condamnés.

XVII

Un des radiotélégraphistes de Commodoro Rivadavia, escale de Patagonie, fit un geste brusque, et tous ceux qui veillaient, impuissants, dans le poste, se ramassèrent autour de cet homme, et se penchèrent.

Ils se penchaient sur un papier vierge et durement éclairé. La main de l'opérateur hésitait encore, et le crayon se balançait. La main de l'opérateur tenait encore les lettres prisonnières, mais déjà les doigts tremblaient.

—Orages?

Le radio fit «oui» de la tête. Leur grésillement l'empêchait de comprendre.

Puis il nota quelques signes indéchiffrables. Puis des mots. Puis on put rétablir le texte:

«Bloqués à trois mille huit au-dessus de la tempête. Naviguons plein Ouest vers l'intérieur, car étions dérivés en mer. Au-dessous de nous tout est bouché. Nous ignorons si survolons toujours la mer. Communiquez si tempête s'étend à l'intérieur.»

On dut, à cause des orages, pour transmettre ce télégramme à Buenos-Aires, faire la chaîne de poste en poste. Le message avançait dans la nuit, comme un feu qu'on allume de tour en tour.

Buenos-Aires fit répondre:

—Tempête générale à l'intérieur. Combien vous reste-t-il d'essence?

—Une demi-heure.

Et cette phrase, de veilleur en veilleur, remonta jusqu'à Buenos-Aires.

L'équipage était condamné à s'enfoncer, avant trente minutes, dans un cyclone qui le drosserait jusqu'au sol.

XVIII

Et Rivière médite. Il ne conserve plus d'espoir: cet équipage sombrera quelque part dans la nuit.

Rivière se souvient d'une vision qui avait frappé son enfance: on vidait un étang pour trouver un corps. On ne trouvera rien non plus, avant que cette masse d'ombre se soit écoulée de sur la terre,[1] avant que remontent au jour ces sables, ces plaines, ces blés. De simples paysans découvriront peut-être deux enfants au coude plié sur le visage, et paraissant dormir, échoués sur l'herbe et l'or d'un fond paisible.[2] Mais la nuit les aura noyés.

Rivière pense aux trésors ensevelis dans les profondeurs de la nuit comme dans les mers fabuleuses . . . Ces pommiers de nuit qui attendent le jour avec toutes leurs fleurs, des fleurs qui ne servent pas encore. La nuit est riche, pleine de parfums, d'agneaux endormis et de fleurs qui n'ont pas encore de couleurs.

Peu à peu monteront vers le jour les sillons gras,[3] les bois mouillés, les luzernes fraîches. Mais parmi des collines, maintenant inoffensives, et les prairies, et les agneaux, dans la sagesse du monde, deux enfants sembleront dormir. Et quelque chose aura coulé du monde visible dans l'autre.[4]

Rivière connaît la femme de Fabien inquiète et tendre:

cet amour à peine lui fut prêté, comme un jouet à un enfant pauvre.

Rivière pense à la main de Fabien, qui tient pour quelques minutes encore sa destinée dans les commandes. Cette main qui a caressé. Cette main qui s'est posée sur une poitrine et y a levé le tumulte, comme une main divine. Cette main qui s'est posée sur un visage, et qui a changé ce visage. Cette main qui était miraculeuse.

Fabien erre sur la splendeur d'une mer de nuages, la nuit, mais, plus bas, c'est l'éternité. Il est perdu parmi des constellations qu'il habite seul. Il tient encore le monde dans les mains et contre sa poitrine le balance. Il serre dans son volant le poids de la richesse humaine, et promène, désespéré, d'une étoile à l'autre, l'inutile trésor, qu'il faudra bien rendre . . .

Rivière pense qu'un poste radio l'écoute encore. Seule relie encore Fabien au monde une onde musicale, une modulation mineure. Pas une plainte. Pas un cri. Mais le son le plus pur qu'ait jamais formé le désespoir.

XIX

Robineau le tira de sa solitude:

—Monsieur le Directeur, j'ai pensé . . . on pourrait peut-être essayer . . .

Il n'avait rien à proposer, mais témoignait ainsi de sa bonne volonté. Il aurait tant aimé trouver une solution, et la cherchait un peu comme celle d'un rébus. Il trouvait toujours des solutions que Rivière n'écoutait jamais: «Voyez-vous, Robineau, dans la vie il n'y a pas de solutions. Il y a des forces en marche: il faut les créer et les solutions suivent.[1]» Aussi Robineau bornait-il son rôle à créer une force en marche dans la corporation des mécan-

iciens. Une humble force en marche, qui préservait de la
rouille les moyeux d'hélice.

Mais les événements de cette nuit-ci trouvaient Robineau désarmé. Son titre d'inspecteur n'avait aucun pouvoir
sur les orages, ni sur un équipage fantôme, qui vraiment
ne se débattait plus pour une prime d'exactitude, mais
pour échapper à une seule sanction, qui annulait celles de
Robineau, la mort.

Et Robineau, maintenant inutile, errait dans les
bureaux, sans emploi.

La femme de Fabien se fit annoncer. Poussée par l'inquiétude, elle attendait, dans le bureau des secrétaires, que
Rivière la reçût. Les secrétaires, à la dérobée, levaient les
yeux vers son visage. Elle en éprouvait une sorte de honte
et regardait avec crainte autour d'elle: tout ici la refusait.
Ces hommes qui continuaient leur travail, comme s'ils
marchaient sur un corps, ces dossiers où la vie humaine, la
souffrance humaine ne laissaient qu'un résidu de chiffres
durs. Elle cherchait des signes qui lui eussent parlé de
Fabien. Chez elle tout montrait cette absence: le lit entr'-
ouvert, le café servi, un bouquet de fleurs . . . Elle ne
découvrait aucun signe. Tout s'opposait à la pitié, à
l'amitié, au souvenir. La seule phrase qu'elle entendit, car
personne n'élevait la voix devant elle, fut le juron d'un
employé, qui réclamait un bordereau. «. . . Le bordereau
des dynamos, bon Dieu! que nous expédions à Santos.»
Elle leva les yeux sur cet homme, avec une expression
d'étonnement infini. Puis sur le mur où s'étalait une
carte. Ses lèvres tremblaient un peu, à peine.

Elle devinait, avec gêne, qu'elle exprimait ici une vérité
ennemie,[2] regrettait presque d'être venue, eût voulu se
cacher, et se retenait, de peur qu'on la remarquât trop,
de tousser, de pleurer. Elle se découvrait insolite, incon-

venante, comme nue.[3] Mais sa vérité était si forte, que les regards fugitifs remontaient, à la dérobée, inlassablement, la lire dans son visage. Cette femme était très belle. Elle révélait aux hommes le monde sacré du bonheur. Elle révélait à quelle matière auguste on touche, sans le savoir, en agissant. Sous tant de regards elle ferma les yeux. Elle révélait quelle paix, sans le savoir, on peut détruire.

Rivière la reçut.

Elle venait plaider timidement pour ses fleurs, son café servi, sa chair jeune. De nouveau, dans ce bureau plus froid encore, son faible tremblement de lèvres la reprit. Elle aussi découvrait sa propre vérité, dans cet autre monde, inexprimable.[4] Tout ce qui se dressait en elle d'amour presque sauvage, tant il était fervent, de dévouement, lui semblait prendre ici un visage importun, égoïste. Elle eût voulu fuir:

—Je vous dérange . . .

—Madame, lui dit Rivière, vous ne me dérangez pas. Malheureusement, madame, vous et moi ne pouvons mieux faire que d'attendre.

Elle eut un faible haussement d'épaules, dont Rivière comprit le sens: «A quoi bon cette lampe, ce dîner servi, ces fleurs que je vais retrouver . . .» Une jeune mère avait confessé un jour à Rivière: «La mort de mon enfant, je ne l'ai pas encore comprise. Ce sont les petites choses qui sont dures, ses vêtements que je retrouve, et, si je me réveille la nuit, cette tendresse qui me monte quand même au cœur, désormais inutile, comme mon lait . . .» Pour cette femme aussi la mort de Fabien commencerait demain à peine, dans chaque acte désormais vain, dans chaque objet. Fabien quitterait lentement sa maison Rivière taisait une pitié profonde.[5]

—Madame . . .

La jeune femme se retirait, avec un sourire presque humble, ignorant sa propre puissance.

Rivière s'assit, un peu lourd.

«Mais elle m'aide à découvrir ce que je cherchais . . .»

Il tapotait distraitement les télégrammes de protection des escales Nord.[6] Il songeait.

«Nous ne demandons pas à être éternels, mais à ne pas voir les actes et les choses tout à coup perdre leur sens. Le vide qui nous entoure se montre alors . . .»

Ses regards tombèrent sur les télégrammes:

«Et voilà par où, chez nous, s'introduit la mort: ces messages qui n'ont plus de sens . . .»

Il regarda Robineau. Ce garçon médiocre, maintenant inutile, n'avait plus de sens. Rivière lui dit presque durement:

—Faut-il vous donner, moi-même, du travail?

Puis Rivière poussa la porte qui donnait sur la salle des secrétaires, et la disparition de Fabien le frappa, évidente, à des signes que Mme Fabien n'avait pas su voir. La fiche du *R.B. 903*, l'avion de Fabien, figurait déjà, au tableau mural, dans la colonne du matériel indisponible. Les secrétaires qui préparaient les papiers du courrier d'Europe, sachant qu'il serait retardé, travaillaient mal. Du terrain on demandait par téléphone des instructions pour les équipes qui, maintenant, veillaient sans but. Les fonctions de vie étaient ralenties. «La mort, la voilà!» pensa Rivière. Son œuvre était semblable à un voilier en panne, sans vent, sur la mer.

Il entendit la voix de Robineau:

—Monsieur le Directeur . . . ils étaient mariés depuis six semaines . . .

—Allez travailler.

Rivière regarda toujours les secrétaires, et au delà des

secrétaires, les manœuvres, les mécaniciens, les pilotes, tous ceux qui l'avaient aidé dans son œuvre, avec une foi de bâtisseurs. Il pensa aux petites villes d'autrefois qui entendaient parler des «*Iles*»[7] et se construisaient un navire. Pour le charger de leur espérance. Pour que les hommes pussent voir leur espérance ouvrir ses voiles sur la mer. Tous grandis, tous tirés hors d'eux-mêmes, tous délivrés par un navire. «Le but peut-être ne justifie rien, mais l'action délivre de la mort. Ces hommes duraient par leur navire.»

Et Rivière luttera aussi contre la mort, lorsqu'il rendra aux télégrammes leur plein sens,[8] leur inquiétude aux équipes de veille et aux pilotes leur but dramatique. Lorsque la vie ranimera cette œuvre, comme le vent ranime un voilier, en mer.

XX

Commodoro Rivadavia n'entend plus rien, mais à mille kilomètres de là, vingt minutes plus tard, Bahia Blanca capte un second message:

«Descendons. Entrons dans les nuages . . .»

Puis ces deux mots d'un texte obscur apparurent dans le poste de Trelew:

«. . . rien voir . . .»

Les ondes courtes sont ainsi. On les capte là, mais ici on demeure sourd. Puis, sans raison, tout change. Cet équipage, dont la position est inconnue, se manifeste déjà aux vivants, hors de l'espace, hors du temps, et sur les feuilles blanches des postes radio ce sont déjà des fantômes qui écrivent.

L'essence est-elle épuisée, ou le pilote joue-t-il, avant la panne, sa dernière carte: retrouver le sol sans l'emboutir?

La voix de Buenos-Aires ordonne à Trelew:
«Demandez-le-lui.»

Le poste d'écoute T.S.F. ressemble à un laboratoire:
nickels, cuivres et manomètres, réseau de conducteurs.[1]
Les opérateurs de veille, en blouse blanche,[2] silencieux,
semblent courbés sur une simple expérience.[3]

De leurs doigts délicats ils touchent les instruments, ils
explorent le ciel magnétique, sourciers qui cherchent la
veine d'or.

—On ne répond pas?

—On ne répond pas.

Ils vont peut-être accrocher cette note qui serait un
signe de vie. Si l'avion et ses feux de bord remontent
parmi les étoiles, ils vont peut-être entendre chanter cette
étoile . . .

Les secondes s'écoulent. Elles s'écoulent vraiment
comme du sang. Le vol dure-t-il encore? Chaque seconde
emporte une chance. Et voilà que le temps qui s'écoule
semble détruire. Comme, en vingt siècles, il touche un
temple, fait son chemin dans le granit et répand le temple
en poussière, voilà que des siècles d'usure se ramassent
dans chaque seconde et menacent un équipage.

Chaque seconde emporte quelque chose.

Cette voix de Fabien, ce rire de Fabien, ce sourire. Le
silence gagne du terrain. Un silence de plus en plus lourd,
qui s'établit sur cet équipage comme le poids d'une mer.

Alors quelqu'un remarque:

—Une heure quarante. Dernière limite de l'essence: il
est impossible qu'ils volent encore.

Et la paix se fait.

Quelque chose d'amer et de fade remonte aux lèvres
comme aux fins de voyage. Quelque chose s'est accompli
dont on ne sait rien, quelque chose d'un peu écœurant.

Et parmi tous ces nickels et ces artères de cuivre, on ressent la tristesse même qui règne sur les usines ruinées. Tout ce matériel semble pesant, inutile, désaffecté:[4] un poids de branches mortes.

Il n'y a plus qu'à attendre le jour.

Dans quelques heures émergera au jour l'Argentine entière, et ces hommes demeurent là, comme sur une grève, en face du filet que l'on tire, que l'on tire lentement, et dont on ne sait pas ce qu'il va contenir.

Rivière, dans son bureau, éprouve cette détente que seuls permettent les grands désastres, quand la fatalité délivre l'homme.[5] Il a fait alerter la police de toute une province. Il ne peut plus rien, il faut attendre.

Mais l'ordre doit régner même dans la maison des morts. Rivière fait signe à Robineau:

—Télégramme pour les escales Nord: Prévoyons retard important du courrier de Patagonie. Pour ne pas retarder trop courrier d'Europe, bloquerons courrier de Patagonie avec le courrier d'Europe suivant.[6]

Il se plie un peu en avant. Mais il fait un effort et se souvient de quelque chose, c'était grave. Ah! oui. Et pour ne pas l'oublier:

—Robineau.

—Monsieur Rivière?

—Vous rédigerez une note. Interdiction aux pilotes de dépasser dix-neuf cents tours:[7] on me massacre les moteurs.

—Bien, monsieur Rivière.

Rivière se plie un peu plus. Il a besoin, avant tout, de solitude:

—Allez, Robineau. Allez, mon vieux . . .

Et Robineau s'effraie de cette égalité devant des ombres.

XXI

Robineau errait maintenant, avec mélancolie, dans les bureaux. La vie de la Compagnie s'était arrêtée, puisque ce courrier, prévu pour deux heures, serait décommandé, et ne partirait plus qu'au jour. Les employés aux visages fermés veillaient encore, mais cette veille était inutile. On recevait encore, avec un rythme régulier, les messages de protection des escales Nord, mais leurs «ciels purs», et leurs «pleine lune», et leurs «vent nul» éveillaient l'image d'un royaume stérile. Un désert de lune et de pierres. Comme Robineau feuilletait, sans savoir d'ailleurs pourquoi, un dossier auquel travaillait le chef de bureau, il aperçut celui-ci, debout en face de lui, et qui attendait, avec un respect insolent, qu'il le lui rendît, l'air de dire: «Quand vous voudrez bien, n'est-ce pas? c'est à moi . . .» Cette attitude d'un inférieur choqua l'inspecteur, mais aucune réplique ne lui vint, et, irrité, il tendit le dossier. Le chef de bureau retourna s'asseoir avec une grande noblesse. «J'aurais dû l'envoyer promener»,[1] pensa Robineau. Alors, par contenance,[2] il fit quelques pas en songeant au drame. Ce drame entraînerait la disgrâce d'une politique,[3] et Robineau pleurait un double deuil.

Puis lui vint l'image d'un Rivière enfermé, là, dans son bureau, et qui lui avait dit: «Mon vieux . . .» Jamais homme n'avait, à ce point, manqué d'appui. Robineau éprouva pour lui une grande pitié. Il remuait dans sa tête quelques phrases obscurément destinées à plaindre, à soulager. Un sentiment qu'il jugeait très beau l'animait. Alors il frappa doucement. On ne répondit pas. Il n'osa frapper plus fort, dans ce silence, et poussa la porte. Rivière était là. Robineau entrait chez Rivière, pour la première fois presque de plain-pied,[4] un peu en ami, un peu dans son idée comme le sergent qui rejoint, sous les balles, le général blessé, et l'accompagne dans la déroute, et devient son frère dans l'exil. «Je suis avec vous, quoi qu'il arrive», semblait vouloir dire Robineau.

Rivière se taisait et, la tête penchée, regardait ses mains. Et Robineau, debout devant lui, n'osait plus parler. Le lion, même abattu, l'intimidait. Robineau préparait des mots de plus en plus ivres de dévouement, mais, chaque fois qu'il levait les yeux, il rencontrait cette tête inclinée de trois quarts, ces cheveux gris, ces lèvres serrées sur quelle amertume! Enfin il se décida:

—Monsieur le Directeur . . .

Rivière leva la tête et le regarda. Rivière sortait d'un songe si profond, si lointain, que peut-être il n'avait pas remarqué encore la présence de Robineau. Et nul ne sut jamais quel songe il fit, ni ce qu'il éprouva, ni quel deuil s'était fait dans son cœur. Rivière regarda Robineau, longtemps, comme le témoin vivant de quelque chose. Robineau fut gêné. Plus Rivière regardait Robineau, plus se dessinait sur les lèvres de celui-là une incompréhensible ironie. Plus Rivière regardait Robineau et plus Robineau rougissait. Et plus Robineau semblait, à Rivière, être venu pour témoigner ici, avec une bonne volonté touchante, et malheureusement spontanée, de la sottise des hommes.

Le désarroi envahit Robineau. Ni le sergent, ni le général, ni les balles n'avaient plus cours.[5] Il se passait quelque chose d'inexplicable. Rivière le regardait toujours. Alors, Robineau, malgré soi, rectifia un peu son attitude, sortit la main de sa poche gauche. Rivière le regardait toujours. Alors, enfin, Robineau, avec une gêne infinie, sans savoir pourquoi, prononça:

—Je suis venu prendre vos ordres.

Rivière tira sa montre, et simplement:

—Il est deux heures. Le courrier d'Asuncion atterrira
à deux heures dix. Faites décoller le courrier d'Europe à
deux heures et quart.

Et Robineau propagea l'étonnante nouvelle: on ne
suspendait pas les vols de nuit. Et Robineau s'adressa au
chef de bureau:

—Vous m'apporterez ce dossier pour que je le contrôle.

Et, quand le chef de bureau fut devant lui:

—Attendez.

Et le chef de bureau attendit.

XXII

Le courrier d'Asuncion signala qu'il allait atterrir.

Rivière, même aux pires heures, avait suivi, de télégramme en télégramme, sa marche heureuse. C'était pour
lui, au milieu de ce désarroi, la revanche de sa foi,[1] la
preuve. Ce vol heureux annonçait, par ses télégrammes,
mille autres vols aussi heureux. «On n'a pas de cyclones
toutes les nuits.» Rivière pensait aussi: «Une fois la route
tracée, on ne peut pas ne plus poursuivre.»

Descendant, d'escale en escale, du Paraguay, comme
d'un adorable jardin riche de fleurs, de maisons basses et
d'eaux lentes, l'avion glissait en marge d'un cyclone qui
ne lui brouillait pas une étoile.[2] Neuf passagers roulés dans
leurs couvertures de voyage, s'appuyaient du front à leur
fenêtre, comme à une vitrine pleine de bijoux, car les
petites villes d'Argentine égrenaient déjà, dans la nuit,
tout leur or,[3] sous l'or plus pâle des villes d'étoiles. Le
pilote, à l'avant, soutenait de ses mains sa précieuse
charge de vies humaines, les yeux grands ouverts et pleins
de lune, comme un chevrier. Buenos-Aires déjà, emplis-
sait l'horizon de son feu rose, et bientôt luirait de toutes

ses pierres, ainsi qu'un trésor fabuleux. Le radio, de ses doigts, lâchait les derniers télégrammes, comme les notes finales d'une sonate qu'il eût tapotée, joyeux, dans le ciel, et dont Rivière comprenait le chant, puis il remonta l'antenne, puis il s'étira un peu, bâilla et sourit: on arrivait.

Le pilote, ayant atterri, retrouva le pilote du courrier d'Europe, adossé contre son avion, les mains dans les poches.

—C'est toi qui continues?

—Oui.

—La Patagonie est là?

—On ne l'attend pas: disparue. Il fait beau?

—Il fait très beau. Fabien a disparu?

Ils en parlèrent peu. Une grande fraternité les dispensait des phrases.

On transbordait dans l'avion d'Europe les sacs de transit d'Asuncion, et le pilote, toujours immobile, la tête renversée, la nuque contre la carlingue, regardait les étoiles. Il sentait naître en lui un pouvoir immense, et un plaisir puissant lui vint.

—Chargé? fit une voix. Alors, contact.

Le pilote ne bougea pas. On mettait son moteur en marche. Le pilote allait sentir dans ses épaules, appuyées à l'avion, cet avion vivre. Le pilote se rassurait, enfin, après tant de fausses nouvelles: partira . . . partira pas . . . partira! Sa bouche s'entr'ouvrit, et ses dents brillèrent sous la lune comme celles d'un jeune fauve.

—Attention, la nuit, hein!

Il n'entendit pas le conseil de son camarade. Les mains dans les poches, la tête renversée, face à des nuages, des montagnes, des fleuves et des mers, voici qu'il commençait un rire silencieux. Un faible rire, mais qui passait en lui, comme une brise dans un arbre, et le faisait tout entier

tressaillir. Un faible rire, mais bien plus fort que ces
nuages, ces montagnes, ces fleuves et ces mers.

—Qu'est-ce qui te prend?

—Cet imbécile de Rivière qui m'a . . . qui s'imagine
que j'ai peur!

XXIII

Dans une minute il franchira Buenos-Aires, et Rivière,
qui reprend sa lutte, veut l'entendre. L'entendre naître,
gronder et s'évanouir, comme le pas formidable d'une
armée en marche dans les étoiles.

Rivière, les bras croisés, passe parmi les secrétaires.
Devant une fenêtre, il s'arrête, écoute et songe.

S'il avait suspendu un seul départ, la cause des vols de
nuit était perdue. Mais, devançant les faibles,[1] qui demain
le désavoueront, Rivière, dans la nuit, a lâché cet autre
équipage.

Victoire . . . défaite . . . ces mots n'ont point de
sens. La vie est au-dessous de ces images, et déjà prépare
de nouvelles images. Une victoire affaiblit un peuple, une
défaite en réveille un autre. La défaite qu'a subie Rivière
est peut-être un engagement qui rapproche la vraie victoire. L'événement en marche compte seul.

Dans cinq minutes les postes de T.S.F. auront alerté les
escales. Sur quinze mille kilomètres le frémissement de la
vie aura résolu tous les problèmes.

Déjà un chant d'orgue monte: l'avion.

Et Rivière, à pas lents, retourne à son travail, parmi les
secrétaires que courbe son regard dur. Rivière-le-Grand,
Rivière-le-Victorieux, qui porte sa lourde victoire.

BIBLIOGRAPHY

I. The following is a complete list of Saint-Exupéry's works, with the exception of a few prefaces and articles written for the Press.

Courrier Sud, 1928, Gallimard, Paris.

Vol de Nuit, 1931, Gallimard.

Terre des Hommes, 1939, Gallimard.

Pilote de Guerre, 1942, Gallimard. (Also published in New York, 1942, as *Flight to Arras*.)

Lettre à un Otage, New York, 1943. (Published by Gallimard, 1944.)

Le Petit Prince, with illustrations by the author, New York, 1943. Gallimard, 1944.

An unfinished work has been published posthumously under the title of *Citadelle*, Gallimard, 1948.

Œuvres Complètes. One volume illustrated, Gallimard, 1950.

II. Numerous books have been and continue to be published on Saint-Exupéry and his comrades. We give below a selection.

La Vie de Saint-Exupéry (Editions du Seuil).

Saint-Exupéry (Confluences Nos. 12–14).

Antoine de Saint-Exupéry—Poète, Romancier, Moraliste. Daniel Anet (Editions Correa).

Antoine de Saint-Exupéry—Poète et Aviateur. Marie de Crisenoy (Editions Spes).

*Saint-Exupéry—Essai—*R. M. Alberos (Bibliothèque de l'Aviation).

La ligne de Mermoz, Guillaumet, Saint-Exupéry. J. G. Fleury (Gallimard).

Henri Guillaumet. Marcel Migeo (B. Arthaud).

Mermoz. Joseph Kessel (Gallimard).

Antoine de Saint-Exupéry. Pierre Chevrier (Gallimard).

L'Homme en Procès. Pierre H. Simon (O. Zelvek).

L'Humanisme cosmique d'Antoine de Saint-Exupéry (Ed. Stainforth, Bruges).

NOTES

[1] *C'est pour nous . . .*—see *Vol de Nuit*, p. 42.

[2] *Nous les connaissons de reste*—we know them only too well; *de reste* = plus qu'il n'est nécessaire (*Larousse*).

[3] *La volonté tendue*—will-power strained to the utmost.

[4] *Je lui sais gré . . .*—I am specially grateful to him for elucidating that seemingly absurd statement.

[5] "*Pour se faire aimer . . . je suis surpris parfois . . .*" quoted from p. 41.

[6] "*Aimez ceux . . .*" quoted from p. 25.

[7] "*L'obscur sentiment . . .*" quoted from p. 54.

[8] *Mon Prométhée*—cf. *Le Prométhée mal enchaîné*, Nouvelle Edition, 1927, N.R.F., p. 83.

[9] "*Nous agissons, pensait Rivière . . .*" quoted from p. 54.

[10] "*Il existe peut-être quelque chose d'autre . . .*" quoted from p. 54.

[11] *Au temps où il survolait la Mauritanie*—1927–8. Cf. *Antoine de Saint-Exupéry* (Pierre Chevrier), p. 51 et seq.

[12] *Territoires dissidents*—refers to the parts of the Sahara hostile to French administration. Pilots who made forced landings in these areas were liable to be massacred or held to ransom. Cf. *La Vie de Saint-Exupéry*, edition du Seuil, chapter *Au Secours des Camarades*.

[13] Quinton (René), 1867–1929. Marine-biologist who after his experience as an artillery colonel in the 1914–18 war wrote *Maximes sur la Guerre*.

[14] *Parler en connaissance de cause*—to know what one is talking about.

[15] ANDRÉ GIDE (1869–1951), author and moralist whose work includes poetry, fiction, drama, essays, criticism, etc.

Cf. *Les Nourritures Terrestres*, 1897.
    L'Immoraliste, 1902.
    Les Caves du Vatican, 1914.
    La Symphonie Pastorale, 1919.
      etc. etc.

Most of his best work is autobiographical, see especially his Journal, 1889–1949.

There are references to Saint-Exupéry and *Vol de Nuit* in André Gide's Journal, under dates 31.3.31, 14.12.31, 8.2.32.

Vol de Nuit: Chapter I

N.B.—Place-names which can be checked on the map are not mentioned in these notes.

[1] *Les collines sous l'avion* . . .
If the reader will look up in the vocabulary any word he does not know and then imagine he is looking down from an aeroplane, he will understand the meaning of this passage far better than if he attempts a word for word translation.

There are many other passages in the work of Saint-Exupéry where the use of the imagination is equally indispensable.

[2] *Dans l'or du soir* . . .—In the golden evening. This use of "l'or" is very frequent and telling in Saint-Exupéry's descriptions.

Cf. p. 26: Il regardait . . . ce ciel découvert, enrichi d'étoiles . . . cette lune, l'or d'une telle nuit dilapidé (squandered).

p. 71: les petites villes d'Argentine égrenaient déjà dans la nuit tout leur or . . .

[3] *Rendre leur or* . . .—"Rendre" here has the sense of "to give out"—of colour, light, smell, etc. Cf. Cette rose rend une odeur agréable.

[4] *Une houle de prairies* . . .—lit. swell, surge. Here, "vast expanse".

[4a] *Le radio* . . . here, wireless operator.

[5] *La dernière bourgade soumise* . . .—the last small town in territory subject to French administration. Cf. Préface, Note 12, on *territoires dissidents*.

[6] *La nuit serait . . . gâtée*—the night weather would deteriorate.

[7] *Moteur au ralenti*—(with) engine at reduced speed.

[8] *Grandissait vers lui*—houses, cafés, trees, seemed to him to grow bigger as the aeroplane got nearer to the ground.

[9] *On est riche aussi de ses misères*—even one's discomforts (i.e. lourdeur, courbatures) give one a kind of satisfaction (if they have been acquired in a worthy cause).

[10] *Une vision désormais immuable*—The scene will not change because he is looking at it through the window of a house and not from a moving aeroplane.

[11] *Fabien eût désiré vivre ici longtemps, prendre sa part ici d'éternité*—The pilot feels that so long as he is only flying over places, he has no permanent link with the life which goes on there (with its "amitiés . . . filles tendres . . . intimité de nappes blanches" might give him), and he recognises that he would have to give up his flying if he wished to share in this settled way of life. "Il eût fallu renoncer à l'action pour la conquérir" (see page 7).

[12] *S'apprivoise pour l'éternité*—is preparing or shaping itself for eternity.

[13] *Les cinq cents chevaux du moteur—moteur* = engine.

[14] *Où l'on savoure une espérance inexplicable*—See Introduction, p. x.

[15] *Des lames de fond*—The simile of waves tossing a ship up and down is applied to the aeroplane.

Chapter II

[1] *Ainsi les trois avions postaux*—Saint-Exupéry himself established the southern route. Flying conditions were extremely treacherous, and he wrote a dramatic account of his experiences, which can be read either in *Wind, Sand and Stars* (Heinemann)—the English version of *Terre des*

Hommes—or in the chapter "L'homme et les éléments"— "Confluences", Nos. 12–14, pp. 19–37.

The western route over the Andes, which for different reasons was equally difficult, was opened by Mermoz, and later operated by Guillaumet—see *Terre des Hommes* (Heinemann), pp. 18–19.

The northern route from Paraguay was much easier to establish, as the text suggests.

[2] *L'avion d'Europe*—The plane did not at this time fly direct to Europe, but up the coast to Rio and Natal (Brazil), thence the mail went by boat to Dakar. See *Saint-Exupéry—Essai*, R. M. Alberes, pp. 69, 70, Bibliothèque de l'aviation.

[3] *Un axe bleui*—The meaning of "bleuir" here is to heat (the metal) till it is blue, hence we can say the bearing was "burnt out" and the reason is given in the next sentence "Ça tenait trop dur"—it was fixed too tight.

[4] *D'ajuster ces pièces-là plus libres*—i.e. not to fix them so tightly.

CHAPTER III

[1] *Il mûrissait*—A bold use of the verb "mûrir" (to ripen). The meaning is that the sound of the engine was getting nearer and nearer, and marked the end of a journey accomplished.

[2] *Les feux*—landing lights.

[3] *Un terrain carré*—a square where he could land.

[4] *On dressait une fête*—they seemed to be preparing a gala, i.e. there were so many lights.

[5] *Il s'en fut . . .*—he went away to pull off his leather jacket.

[6] *Se tirer d'affaire et de lâcher . . . injures*—to come through safely and then to let out a few cheerfully abusive remarks.

[7] *Le visage des choses*—Pellerin is flying over the Andes

and he feels that the natural objects around him, the
mountains, peaks and precipices, have a personality, a
"visage". When the storm came on, "ces pics innocents
. . . ces crêtes de neige . . . commençaient à vivre—
comme un peuple" (pp. 13-14). They seem harmless at first,
but when the storm breaks "c'est tout à fait pareil à une
révolte" (p. 13).

[8] *Des étraves* (f.pl.)—"étrave" = the stem of a boat, the
fore end, and the "arêtes" and "pics" are compared to
boats cutting through the wind.

[9] *Il pensait reconnaître . . . un certain visage*—not a human
face, but one of the threatening mountain peaks.

Chapter IV

[1] *Que l'on ne distingue pas*—who seem no different from
the rest and yet have an important message for us.

[2] *A moins que*—i.e. unless "certains admirateurs" make
them aware of it. Rivière distrusted these admirers and
was glad that Pellerin rejected such "approbations vul-
gaires".

[3] *La prise d'air*—inlet-valve.

[4] *Le sommet*—i.e. of the tempest.

[5] *Qui n'y connaissait rien*—who understood nothing
about it.

[6] *Entretien du matériel*—upkeep of the equipment.

[7] *Passait des nuits blanches*—spent sleepless nights.

[8] *Rebondissait à l'atterrissage*—made a clumsy landing.

[9] *Les départs retardés*—when the plane is late in starting.

[10] *Faire sauter les primes d'exactitude*—stop the bonus for
punctuality.

[11] *Force majeure*—absolute necessity.

[12] *Un pouvoir . . . offensant*—usual meaning, insulting:
perhaps here, domineering.

[13] *Ces totons*—un toton = a spinning top, hence, person
of no importance.

[14] *Se le tenait pour dit*—considered that he had had his answer.

[14a] *Tendait vers le départ* . . . he urged each crew to start.

[14b] *Dans l'armure*—break in the clouds.

[15] *Le culte du courrier* . . .—loyalty to the mail service was of first importance.

CHAPTER V

[1] *Qu'il désirait surprendre*—whom he wished to detect in the wrong.

[2] *Flétrir* = to blast, to blight: hence to brand or condemn.

[3] *Robineau doutait de son rôle*—R. was beginning to lose faith in himself.

CHAPTER VI

[1] *Déplaçait peu d'air*—took up little space.

[2] *S'émurent*—from *s'émouvoir*, to get excited.

[3] *Plantait ses fiches dans le standard*—plugged in on the switchboard.

[4] *Un soir doré*—see Chapter I, Note 2.

[5] *Cette nuit bien dégagée*—"cleared" in the sense of "without clouds".

[6] *Enfoncé*—sunk in the storm.

[7] *Sous cette gangue sourde*—*gangue* = lit. matrix, or stone enclosing a gem; as the stone encloses the gem, so the sky is thought of as enclosing the wireless message, "l'onde musicale." *Sourde* here = dull.

[8] *L'Atlantide*—Atlantis, i.e. a rich legendary country. According to the ancient myth, a continent west of the Pillars of Hercules, sunk below the sea: hence the name "Atlantic".

[9] *Cette disgrâce*—this misfortune.

[9a] *D'ici le jour*—between now and dawn.

[10] *Un terrain de secours*—emergency landing ground.

[11] *Baisse de régime*—slackening of engine speed.

[12] *Lot de plaines*—lit. quota of fields, i.e. country as seen from the window while the train is moving.

[13] *Tromper l'attente*—beguile, fill in time.

[14] *Dilapidé*—wasted because no one was flying.

Chapter VII

[1] *Le radio*—See Chapter I, Note 4a.

[2] *Lavé . . . par chaque lueur*—lit. bathed, say, lit up by every glow of light.

[3] *Tout ce qui s'y pressait*—all the feelings summoned up to meet a storm.

[4] *Tout ce qui s'échangeait d'essentiel*—the essential connection between the pilot's expression and the approaching storm.

[5] *Une profonde réserve*—reserve of strength.

[6] *Un foyer nouveau*—a new storm concentration.

Chapter VIII

[1] *Tromper le malaise*—get rid of the feeling of uneasiness.

[2] Rivière felt that the critical situation in which his pilots found themselves came to concern him personally.

[3] *Secrétaire de veille*—s. on duty at night.

[4] *Velours* (velvet) *des mains*—it was so dark that he saw the smooth surface of his hands as in the dim red light of a photographic dark room.

[5] *Une plage claire*—*Plage* here = an area or space.

[6] *Je vous passe le poste radio*—I am connecting you with the radio station.

[7] *Fiches dans le standard*—See Chapter VI, Note 3.

Chapter IX

[1] *Il découvre*—*Il* refers to *le mal.* "It is a crime not to root out the evil when it exposes itself."

² *La comptabilité de quinzaine*—fortnightly accounts.

³ *Sourd*—From *sourdre*, to spring up.

⁴ *C'est ce qui passe par eux*—they are only the agency through which these things are done.

Chapter X

¹ *Poitrine . . . carénée*—well shaped and slightly rounded. *Carène*, f. = lit. keel of a boat.

² *Ce pli, cette ombre, cette houle*—she smoothed down the unevenness in the bed clothes as a "doigt divin" might smooth down the sea.

³ *Des réserves qui vont donner*—of reserves which are going into action.

⁴ *Se connut riche . . . le sable vain*—the light of the moon was valuable to him, the lights of the town would just disappear like sands running out.

⁵ *N'étaient pour lui . . .*—meant no more to him than the bottom of a sea out of which he must rise.

Chapter XI

¹ *Vibrer*—to run rough: i.e. he thought the engine was defective.

² *Du même bord*—*être du même bord de qn.* = be in the same boat, same party.

³ *Les services réguliers*—It may interest readers to know that the first night flight in France was accomplished by Robert Grandseigne (an aero mechanic and an associate of Louis Blériot), who on the night of 10–11 February, 1911, took off from Issy-les-Moulineaux and flew over Paris for about an hour. During the first world war and after, night flying was common in suitable weather. Rivière's problem was to maintain a regular service regardless of the weather.

⁴ *Qui prime tout cela*—which surpasses all that in importance.

⁵ *C'est l'expérience*—we shall get the rules from practical experience.

⁶ *Après une longue année de lutte*—For the difficulties encountered by Rivière (M. Didier Daurat) see the Biography in this volume and the references at the head of it.

Chapter XII

¹ *Au jugé*—by guess-work.

² *Sachez-moi*—find out for me.

³ *Parasites* (m.pl.)—atmospheric interference.

⁴ *Remonter . . . l'antenne*—to pull up the aerial on account of lightning discharges.

⁵ *Foutez-moi la paix*—Shut up!

⁶ *Couler en aveugle . . .*—fly blind into this mass.

Chapter XIII

¹ *Les télégrammes de protection*—weather reports.

² See Chapter I, Note 1.

³ *Le drame*—the loss of the plane from Patagonia. *La fissure*—some fault in the organisation.

⁴ Unfortunately the real significance of events counts for little when we try to justify our actions. It is appearances which count.

⁵ *Même s'il manipulait*—even if he were still sending out messages.

⁶ *La tache des provinces muettes*—the area from which no messages came.

⁷ *Si l'un d'eux . . .*—if one of them picked up a call from an aeroplane.

⁸ *Ce démenti naturel*—this failure of nature (i.e. the weather) to help him.

[9] *Elle se gâtait . . .*—the weather was getting worse in patches.

[10] *Les étoiles au grand complet*—the stars in their multitudes.

[11] *Un port . . . l'équipage*—The oasis of fine weather was too far away to help Fabien.

[12] *Impuissant sur le bord*—as if watching (someone drowning) from the bank, unable to help.

Chapter XIV

[1] *Les éléments affectifs*—the emotional elements.

[2] *Car ni l'action . . .*—Action (such as Fabien's) and the pursuit of individual happiness have nothing in common with each other.

[3] *Sinon . . .*—If not, there would be no justification for action. Cf. p. 54 with André Gide's Préface.

[4] *Incas du Pérou*—Name of the inhabitants of Peru at the time of the Spanish conquest in the 17th century.

[5] *Ce harnais*—lit. harness: hence, something which restricts, shackles.

Chapter XV

[1] *Une corde*—a rescue line.

[2] *L'horizon gyroscopique*—"artificial horizon".

[3] *Se débattait mal*—was struggling to no avail.

[4] *Leurs vagues . . .* the hills seemed to be coming towards him like towering waves.

[5] *Le serrait de plus en plus*—came closer and closer round him.

[6] *Endormies*—numbed.

[7] *Des baudruches insensibles et molles*—Baudruche (f.), lit. goldbeaters' skin, membrane used to separate leaves of gold during beating, hence, dead skin instead of living hands.

[8] *Puissance de l'image*—power of his imagination.

[9] *Pour le livrer*—to let him down, betray him.

[10] *Il y a une fatalité intérieure*—In continuing the struggle success depends on ourselves rather than on circumstances. When we feel ourselves 'vulnerable' our blunders may be fatal.

[11] *Un appât mortel . . .*—a deadly bait at the bottom of a trap.

CHAPTER XVI

[1] *La plus confuse*—the dimmest.

[2] *Leur boue d'ombre*—their dark (lit. muddy) shadow.

[3] *Houle* (f.)—here, a current of wind.

[4] *Limbes* (m.pl.)—*limbe* as an astronomical term means the edge of a planet. That is evidently what the writer is thinking about here.

[5] *De ces provisions blanches*—from the light reflected by the storm clouds below.

CHAPTER XVIII

[1] *Avant que cette masse . . .*—until this mass of shadow has disappeared (lit. has drained off).

[2] *Sur l'herbe et l'or . . .*—on the green and gold of some peaceful background.

[3] *Les sillons gras*—rich furrows.

[4] *Dans l'autre*—supply *monde*.

CHAPTER XIX

[1] *Il y a des forces en marche . . .*—there are impelling forces; set them moving and the solutions follow.

[2] *Elle exprimait . . .*—she stood for different values, that were opposed to theirs.

[3] *Elle se découvrait insolite . . .*—she felt out of place, improper as if naked.

[4] *Elle aussi découvrait . . .*—she discovered that her essential truth could not be expressed in this other world, i.e. in this office.

[5] *Rivière taisait . . .*—left unexpressed a feeling of profound pity.

[6] See Chapter XIII, Note 1.

[7] *Les Iles*—the West Indies.

[8] *Lorsqu'il rendra aux télégrammes leur plein sens*—when he restores to the weather reports their full meaning.

Chapter XX

[1] *Réseau de conducteurs*—network of wires.

[2] *Blouse blanche*—white overall.

[3] *Expérience*—experiment.

[4] *Désaffecté*—out of action.

[5] *Cette détente . . .*—that easing of the mind that follows great disasters, when fate has (spent its force) done its worst.

[6] *Bloquerons . . .*—we will keep the Patagonian mail back for dispatch with the next European plane.

[7] *Dépasser dix-neuf cents tours*—exceed nineteen thousand revs. (engine speed).

Chapter XXI

[1] *J'aurais dû . . .*—I ought to have sent him about his business.

[2] *Par contenance*—for the sake of appearances.

[3] *La disgrâce d'une politique*—the policy of maintaining the night service would be discredited.

[4] *Presque de plein-pied*—almost on an equal footing.

[5] *N'avaient plus cours*—had no longer any meaning.

Chapter XXII

[1] *La revanche de sa foi*—the vindication of his faith.

[2] *Qui ne lui brouillait . . .*—which did not obscure a single star.

[3] See Chapter I, Note 2.

Chapter XXIII

[1] *Devançant les faibles*—forestalling the weak.

VOCABULARY

of less common words not already explained in the notes.

aborder, to reach; come up to
aboutir, to end; terminate in
accoude (à), leaning on
accrocher, to hook; catch
acier (*m*), steel
s'adosser, to lean one's back against
affiche (*f*), poster; notice
aiguille (*f*), needle; hand of clock, etc.; point; switch
aiguiser, to sharpen
aile (*f*), wing
ailleurs, elsewhere
aimant (*m*), magnet
ajouter, to add
ambiance (*f*), surroundings
améliorer, to improve
amer(-ère), bitter
amorcer, (to bait); to begin
amortir, to deaden
ampoule (*f*), electric bulb
antenne (*f*), aerial; **remonter l'a.,** to pull up the aerial
apitoiement (*m*), compassion; pity
apophtegme (*m*), maxim; terse saying
apprivoiser, to tame; win over
appui (*m*), support
arête (*f*), (fish bone); mountain ridge
armoire (*f*), cupboard
armure (*f*), armour

arracher, to tear away; extract
asservir, to subdue
astre (*m*), star
atelier (*m*), workshop
atterrir, to land
aube (*f*), dawn
auberge (*f*), inn
aumône (*f*), almsgiving
avertir, to warn
aveu (*m*), avowal
aveugle, blind
axe (*m*), axle; bearing

bâiller, to yawn
balayer, to sweep
balisage (*m*), erecting of beacons; the beacons themselves
ballotter, to shake; toss about
bander, to bind up; tighten
basculer, to swing
bâtisseur (*m*), builder
bélier (*m*), battering ram
besogne (*f*), piece of work
bêtise (*f*), foolish act
béton (*m*), concrete; asphalt
bilan (*m*), balance sheet
bizarre, strange; curious
blague (*f*) (*lit.* tobacco pouch), joke; hoax
blessé, wounded
bordereau (*m*), memorandum; statement

borner, to confine; limit

bouché, stopped up; **temps b.,** cloudy weather

boucler, to buckle

bourdonnement (*m*), buzzing

bousculer, to upset; jostle

boussole (*f*), mariner's compass

boutade (*f*), whim; outburst

brancher, to plug in a connection (telephone)

brousse (*f*), brush; wilderness

brouter, to browse; graze

brume (*f*), mist

but (*m*), goal

cadran (*m*), dial

caillou (*m*), pebble

calembour (*m*), pun

cap (*m*), **mettre le cap à,** steer for

capot (*m*), hood (of car or plane)

carlingue (*f*), fuselage; cockpit

carré, square

ceinture (*f*), belt

cerner, to encircle

chair (*f*), flesh

chaland (*m*), barge

châtier, to punish

chevelure (*f*), head of hair

chevrier (*m*), goatherd

chiffonné, crumpled

chiffre (*m*), figure

chimiste (*m*), chemist

cire (*f*), wax

clairière (*f*), clearing; glade

cligner, to wink; flash

cliquetis (*m*), rattle

combler, to fill up

commandes (*f pl*), controls (of aeroplanes, etc.)

compulser, to check; go through

congédier, to dismiss

contourner, to go round

contraignant, compelling

contremaître (*m*), foreman

corvée (*f*), unpleasant task

coude (*m*), elbow; **jouer des c.,** elbow one's way

couler, to flow

courbature (*f*), stiffness in the joints

courrier (*m*), mail; post

cramponner (**se**), to cling desperately to

crête (*f*), ridge of mountain

creuser, to hollow; sink; deepen

crouler, to crumble; collapse

cuir (*m*), leather; leather coat

culbuter, to fall (or throw) head over heels

déballer, to unpack

débattre (**se**), to struggle

déboire (*m*), disappointment

débonnaire, good-tempered

déboucher, to come out into

déboulonner, to unrivet; unbolt

débrouiller (**se**), to extricate oneself, muddle through

décharge (*f*), discharge; electrical disturbance

déchéance (*f*), fall; failing

déchirer, to tear

déchirure, rent; rift in the clouds

décoller, to take off (aeroplane)

décommander, to cancel

décor (*m*) (theatr.), scenery; environment

découper, to cut out; stand out clear against

défaillance (*f*), failing; exhaustion

démenti (*m*), denial

demi-tour, faire, to turn back

dépannage (*m*), repairing of a plane after breakdown

déplacer, to transfer

dériver, to drift off one's course

dérobée (à la), stealthily

déroute (*f*), defeat

désarroi (*m*), confusion

désormais, henceforward

desserrer, to loosen, unclasp

dessiner, to outline

détroit (*m*) **de Magellan,** Straits of M.

deuil (*m*), mourning

digue (*f*), pier; backwater

dilapidé, dissipated; squandered

diluée (*p.* 7), weakened

dossier (*m*), piece to lean back against; file of papers

dresser, to raise; fix; **se d.,** to start up

drosser, to drive from its course

dru, -e, thick; close-set

ébaucher, to sketch; indicate

éblouir, to dazzle; impress

éboulement (*m*), falling in; collapse; débris

ébranler, to shake

écarter, to draw aside

échappement (*m*), (motor), exhaust

s'échelonner, to be spaced out

échouer, to strand

éclair (*m*), lightning flash

éclaircie (*f*), break in clouds; fine interval

écoeurant, sickening

écouler(s'), to flow away; elapse

écotueur (*m*), ear-phone

écraser, to crush

effleurer, to touch lightly

égrener, to unstring (of beads, etc.)

emboutir, to crash (car or plane)

s'embrouiller, to get muddled; confused

empêtrer, to hamper; embarrass

emplir, to fill

enclume (*f*), anvil

enfoncer (**s'**), to sink

enfouir, to bury; hide

engloutir, to engulf

engourdir, to numb

enliser (**s'**), to get stuck

enseigner, teach

ensevelir, to bury

entêtement (*m*), obstinacy

entr'ouvrir, to half open

épargner, to save

épauler, to put to, or carry on, the shoulder (**épaule**)

épave (*f*), wreck

éponger (**s'**), to sponge oneself, mop one's brow

épopée (*f*), epic

épreuve (*f*), test; ordeal

épuisé, exhausted

équipe (*f*), team; crew

escale (*f*), calling-place for ship; hence, landing-place for aeroplanes

essence (*f*), petrol

étaler, to spread out

étang (*m*), pond

éteindre, to extinguish
étincelle (*f*), spark
s'étirer, to stretch oneself
s'évanouir, to vanish; faint
événement (*m*), event

fade, tasteless
faisceau (*m*), cluster; bundle
fauve (*m*), wild beast
féliciter, to congratulate
feux (*m pl*), lights; **f. de bord,** navigational lights
fiche (*f*), slip of paper; plug in a switchboard
fierté (*f*), pride
flèche (*f*), arrow; spire
fléchir, to bend; give way
forgeron (*m*), blacksmith
fourberie (*f*), deceit; cheating
foyer (*m*), hearth; home
franchir, to clear; surmount
frémir, to quiver; tremble
friper, crumple; spoil
frissonner, to shudder
frôler, to graze; touch lightly
fusée éclairante (*f*), flare

gâcher, to make a mess of; waste
gâter, to spoil
géant (*m*), giant
gênant, troublesome
gêné, uncomfortable
grésillement (*m*), crackling (of atmospherics)
grève (*f*), shore
griffonner, to scrawl
grippage (*m*), seizing (of engines through over-heating)
grippe (prendre en), to take a dislike to
gronder, to scold; rumble

guetter, to watch for

haleine (*f*), breath; **tenir en h.,** keep in suspense
hélice (*f*), screw; propeller
heurter, to strike against
hocher, to toss; shake
horaire (*m*), time-table
houle (*f*), swell; surge
housse (*f*), cover
huile (*f*), oil

immuable, fixed; unalterable
indéchiffrable, undecipherable; incomprehensible
indisponible, unavailable
inlassablement, without tiring
insolite, unusual
insuffler, to breathe into
interdit, forbidden
inusable, long lasting
ivresse (*f*), intoxication; rapture

jaillir, to spurt
juron (*m*), oath

kiosque (*m*) **(à musique),** band-stand

lâcher, to let go of
laideur (*f*), ugliness
lame (*f*), sheet of metal; wave
las, tired
liane (*f*), bind-weed; tropical creeper
liasse (*f*), bundle
lier, to bind
ligoter, to bind tightly; fetter
longeron (*m*) **(d'acier),** steel rib
lueur (*f*), gleam; ray of light

luire, to shine
lutter, to struggle
luzerne (*f*), Lucern grass

manette (*f*), hand-lever
manomètre (*m*), manometer, pressure gauge
manœuvre (*m*), *lit.* unskilled labourer; mechanic; fitter
materiel (*m*), equipment
maussade, sulky; cross; dull
menu, small
menuisier (*m*), joiner
météo, short for météorolog-ique-ie
métier (*m*), job; profession
miniscule, tiny
miroitement (*m*), glistening; reflection of light
montage (*m*), mounting; fitting; assembling of a machine
morne, gloomy; dull
moteur (*m*), engine
moue (*f*), pouting
mouillé, wet
moyeu (*m*), hub (of wheel)

nappe (*f*), tablecloth
néant (*m*), annihilation
nécessaire (*m*) (**de toilette**), dressing-case
nef (*f*), ship; nave of church
niveau (*m*), level
nouer (**se**), to come to a head (of action, plot)
nuque (*f*), nape of neck

obturer, to block up
oisif -ive, idle
onde (*f*), wave
orage (*m*), storm

outil (*m*), tool

panne (*f*), breakdown
parti (*m*), **prendre son p.,** to make a decision
paume (*f*), palm of hand
pêcheur (*m*), fisherman
peiner, to toil
pelouse (*f*), lawn
pendule (*f*), clock
pente (*f*), slope
peser, to weigh
pétrir, to knead
phare (*m*), lighthouse; head-light; beacon; guide; **p. à éclipse,** revolving lighthouse; **gardien de p.,** lighthouse keeper
piège (*m*), trap
piste (*f*), track; runway
plaider, to plead
pli (*m*), fold
plongeur (*m*), diver
poignée (*f*), handful; handle
poing (*m*), fist
politique (*f*), policy
pourrir, to grow rotten
poussière (*f*), dust
prévenir, to warn
prime (*f*), bonus; **p. d'exacti-tude,** punctuality bonus
primer, to surpass
pudeur (*f*), modesty; shame
puits (*m*), well

quotidien, daily

rade (*f*), anchorage
rafale (*f*), squall; gust of wind
rafler, to sweep; carry away
rame (*f*), ream (of paper)

ras, au r. de, level with
rayonnement (*m*), radiance
rébus (*m*), puzzle
récuser, to object to; refuse to admit
rédaction (*f*), drawing up (of reports)
redoutable, formidable, ominous
redresser (**se**), to stand up straight
régime (*m*) (**du moteur**), normal running of the engine
règlement (*m*), regulation
remous (*m*), whirling current of air or water
remuer, to move
repère (*m*), landmark
réseau (*m*), network
ressentir, to feel
retrancher (**se**), to shelter oneself
ride (*f*), ripple (on water, etc.); wrinkle
rideau (*m*), curtain
rivage (*m*), shore
rouille (*f*), rust
ruisseler, to stream; pour down

sale, dirty
sanction (*f*), **prendre des s.,** to impose a fine, to take disciplinary action
saveur (*f*), flavour; taste
scier, to saw; cut through
scintiller, to sparkle
secourir, to help
secousse (*f*), shake; jerk
semer, to sow
serrement (**de cœur**) (*m*), pang; heaviness of heart

serrer, to press; pack close
siffler, to whistle
sillage (*m*), track; course; wake
sombrer, to collapse; go under
somnoler, to drowse
songer, to dream; muse
sort (*m*), fate
sourcier (*m*), water-diviner
sourdre, to spring; rise up
sournois, sly
sueur (*f*), sweat
suinter, to ooze; trickle

taille (*f*), figure
tapoter, tap
tâtonner, to fumble; grope
teinter, to tint, colour
témérité (*f*), boldness
traversée (*f*), crossing
tresser, to plait
trombe (*f*), waterspout; whirlwind
trottoir (*m*), pavement
tut, from **se taire,** to be silent

user, to wear out

vanter, to boast of
veilleur (*m*), watchman
ver luisant (*m*), glow-worm
verglas (*m*), frost glaze; frozen rain
vertige (*m*), dizziness
verve (*f*), spirit; dash
vider, to empty
virer, to turn; change direction
voile (*f*), sail
volant (*m*), control column
voûte (*f*), vault